新版 作品で読む20世紀の日本文学

京都橘大学日本語日本文学科 編

新典社

目次

I

夏目漱石『坊っちゃん』

（『ホトトギス』明治三九年四月）

【作家・作品紹介】

夏目漱石（慶応三　一八六七年一月五日〜大正五　一九一六年一二月九日）は、江戸牛込馬場下横町（新宿区喜久井町）に生まれた。父、小兵衛直克と、その後妻、千枝の間に生まれ、金之助と名づけられる。夏目家は江戸町奉行支配下の町方名主で、この地方の実力者だったが明治維新で没落した。五男三女の末っ子である金之助は生後間もなく里子に出された。その後、金之助が二歳のとき、四谷大宗寺裏の門前名主で夏目家には書生同様に仕えていた塩原昌之助・やす夫妻の養子となり、溺愛されて育つが、幼いながらも老後の扶養が目的であることを知る。一〇歳のとき、塩原夫妻が離婚した。

文明開化の時期に漢学を迂遠と考え、英文学の研究に没頭したが、早くから俳句の世界にも興味を持ち、第一高等中学校本科一部で同級生の正岡子規の影響を受けた。子規の『七草集』を漢文で評し、このときから漱石の筆名を用いる。明治二三年に本科卒業後、東京帝国大学英文科に入学して文部省貸費生となり、さらに翌年から特待生となった。

『方丈記』を英訳し称賛を得るが、英語で文学上の表現を、との志はくずれ、英文学に欺かれたような不安が芽生えた。明治二六年に文科大学卒業後、英文学を深く究めるために大学院に残る。

東京高等師範学校嘱託教員などを経て、明治二九年、熊本第五高等学校講師に就任し、六月には貴族院書記官長の娘、中根鏡子（二〇歳）と結婚する。同年七月に五高教授に昇進し、熊本で一家を構えて四年ほど過ごす。この結婚は幸福なものではなく、教師生活にも安住できず、文学的な生活を送りたいという思いを強めることになった。

明治三三年五月、文部省留学生として英語研究のため、二年間のイギリス留学を命じられ、一〇月末にロンドンに到着。納得できない外国学者の言葉を疑い、また科学者の池田菊常に影響され、独自の見識をもって学ぶために金銭の許す限り英文学書を購入して下宿にこもって勉学に没頭した。しかし次第に孤独に苦しみ、音信不通の妻の冷たさも加わり、極度の神経衰弱に陥る。当時の様子を『文学論』で漱石は「倫敦に住み暮らしたる二年は尤も不愉快の二年なり」と書いている。明治三六年一月、東京に帰着して駒込千駄木町に転居する。五高をやめ、一高および小泉八雲の後任として帝大文科大学の講師を兼任した。自己の学問への苦悩や家族関係に神経を痛められたが門下生に恵まれ、さらに高浜虚子の勧めで写生文を書いた。明治三八年、『吾輩は猫である』の成立とともに、小説家夏目漱石が誕生する。

高度な教養とイギリス生活の体験をもつ漱石は、明治四三年ごろまで文壇を風靡していた自然主義文学の最盛期に、自然主義の世界の狭小さと知性の欠如を批判し、森鷗外とともに反自然主義の立場をとり、余裕派・高踏派と呼ばれた。漱石は、初め余裕派と呼ばれる人生傍観的作風だったが、きびしい倫理追求に進み、やがて人間のエゴイズムと対決する「則天去私」の心境の具象化を試みる作風に向かった。

『坊っちゃん』は、平凡な日本人の善悪両面を措いた風刺文学である。単純・率直で江戸っ子の「おれ」は、物理学校を卒業して四国の中学校へ、数学教師として赴任する。奔放な「おれ」の言動は、同僚の教師や生徒との間にトラブルをまねき、事件に巻き込まれる。周囲の人間の愚劣・無気力・悪知恵に反発する「おれ」は、先輩教師「山嵐」とともに、悪玉の教頭「赤シャツ」らに鉄拳制裁を加え、東京へ帰る。

※本文の順序を入れ替えた箇所がある。

『坊っちゃん』本文（抄）

（1）

親譲りの無鉄砲で小供の時から損ばかりしている。小学校に居る時分学校の二階から飛び降りて一週間ほど腰を抜かした事がある。なぜそんな無闇《むやみ》をしたと聞く人があるかも知れぬ。別段深い理由でもない。新築の二階から首を出していたら、同級生の一人が冗談に、いくら威張《いば》っても、そこから飛び降りる事は出来まい。弱虫やーい。と囃《はや》したからである。小使に負ぶさって帰って来た時、おやじが大きな眼をして二階位《ぐらい》から飛び降りて腰を抜かす奴があるかと云ったから、この次は抜かさずに飛んで見せますと答えた。

親類のものから西洋製のナイフを貰って奇麗な刃を日に翳《かざ》して、友達に見せていたら、一人が光る事は光るが切れそうもないと云った。切れぬ事があるか、何でも切って見せると受け合った。そんなら君の指を切ってみろと注文したから、何だ指位この通りだと右の手の親指の甲をはすに切り込んだ。幸《さいわい》ナイフが小さいのと、親指の骨が堅かったので、今だに親指は手に付いている。しかし創痕《きずあと》は死ぬまで消えぬ。

（2）

おれは何が嫌《きらい》だと云って人に隠れて自分だけ得をする程《ほど》嫌な事はない。兄とは無論仲がよくないけれども、兄に隠して清から菓子や色鉛筆を貰《もら》いたくはない。なぜ、おれ一人にくれて、兄さんには遣《や》らないのかと清に聞く事がある。すると清は澄《すま》したもので御兄様《おあにいさま》は御父様が買って御上げなさるから構《かま》いませんと云う。これは不公平である。

おやじは頑固だけれども、そんな依怙贔屓《えこひいき》はせぬ男だ。しかし清の眼から見るとそう見えるのだろう。

(3)

これでも元は旗本だ。旗本の元は清和源氏で、多田の満仲《まんじゅう》の後裔《こうえい》だ。こんな土百姓とは生れからして違うんだ。ただ智慧のないところが惜しいだけだ。どうしていいか分らないのが困るだけだ。困ったって負けるものか。正直だから、どうしていいか分らないんだ。世の中に正直が勝たないで、外に勝つものがあるか、考えてみろ。

(4)

この下女はもと由緒のあるものだったそうだが、瓦解《がかい》のときに零落《れいらく》して、つい奉公までする様《よう》になったのだと聞いている。だから婆さんである。この婆さんがどう云う因縁か、おれを非常に可愛がってくれた。不思議なものである。母も死ぬ三日前に愛想をつかした――おやじも年中持て余している――町内では乱暴者の悪太郎と爪弾《つまはじ》きをする――このおれを無暗に珍重してくれた。おれは到底人に好かれる性《たち》でないとあきらめていたから、他人から木の端の様に取り扱われるのは何とも思わない、かえってこの清の様にちやほやしてくれるのを不審に考えた。清は時々台所で人の居ない時に「あなたは真っ直でよい御気性だ」と賞める事が時々あった。しかしおれには清の云う意味が分からなかった。好い気性なら清以外のものも、もう少し善くしてくれるだろうと思った。清がこんな事を云う度におれは御世辞は嫌だと答えるのが常であった。すると婆さんはそれだから好い御気性ですと云っては、嬉しそうにおれの顔を眺めている。

（5）

教育もない身分もない婆さんだが、人間としては頗《すこぶ》る尊《たっ》とい。今まではあんなに世話になって別段難有いとも思わなかったが、こうして、一人で遠国へ来てみると、始めてあの親切がわかる。越後《えちご》の笹飴《ささあめ》が食いたければ、わざわざ越後まで買いに行って食わしてやっても、食わせるだけの価値は充分ある。清はおれの事を欲がなくって、真直な気性だと云って、ほめるが、ほめられるおれよりも、ほめる本人の方が立派な人間だ。何だか清に逢いたくなった。

（6）

元は身分のあるものでも教育のない婆さんだから仕方がない。単にこればかりではない。贔屓《ひいき》目は恐ろしいものだ。清はおれをもって将来立身出世して立派なものになると思い込んでいた。その癖勉強をする兄は色ばかり白くって、とても役には立たないと一人できめてしまった。こんな婆さんに逢っては叶《かな》わない。自分の好きなものは必ずえらい人物になって、嫌いなひとはきっと落ち振《ぶ》れるものと信じている。

（7）

卒業してから八日目に校長が呼びに来たから、何か用だろうと思って、出掛けて行ったら、四国辺のある中学校で数学の教師がいる。月給は四十円だが、行ってはどうだと云う相談である。おれは三年間学問はしたが実を云うと教師になる気も、田舎へ行く考えも何もなかった。もっとも教師以外に何をしようと云うあてもなかったから、この相談を受けた時、行きましょうと即席に返事をした。これも親譲りの無鉄砲が祟ったのである。

（8）

出立《しゅったつ》の日には朝から来て、いろいろ世話をやいた。来る途中小間物屋で買って来た歯磨《はみがき》と楊子《ようじ》と手拭《てぬぐい》をズックの革鞄《かばん》に入れてくれた。そんな物はいらないと云ってもなかなか承知しない。車を並べて停車場へ着いて、プラットフォームの上へ出た時、車へ乗り込んだおれの顔をじっと見て「もう御別れになるかも知れません。随分御機嫌よう」と小さな声で云った。目に涙がいっぱいたまっている。おれは泣かなかった。しかしもう少しで泣くところであった。汽車がよっぽど動き出してから、もう大丈夫だろうと思って、窓から首を出して、振り向いたら、やっぱり立っていた。何だか大変小さく見えた。

（9）

教員が控所《ひかえじょ》へ揃《そろ》うには一時間目の喇叭《らっぱ》が鳴らなくてはならぬ。だいぶん時間がある。校長は時計を出して見て、おいおいゆるりと話す積《つも》りだが、まず大体の事を呑み込んで置いて貰おうと云って、それから教育の精神について長い御談義を聞かした。おれは無論いい加減に聞いていたが、途中からこれは飛んだ所へ来たと思った。校長の云う様にはとても出来ない。おれみた様な無鉄砲なものをつらまえて、生徒の模範になれの、一校の師表と仰がれなくてはいかんの、学問以外に個人の徳化を及ぼさなくては教育者になれないの、と無暗に法外な注文をする。そんなえらい人が月給四十円ではるばるこんな田舎へくるもんか。人間は大概似たもんだ。腹が立てば喧嘩《けんか》の一つ位は誰でもするだろうと思ってたが、この様子じゃめったに口も聞けない、散歩も出来ない。そんなむずかしい役なら雇う前にこれこれだと話すがいい。おれは嘘をつくのが嫌だから、仕方がない、だまされて来たのだとあきらめて、思い切りよく、ここで断わって帰っちまおうと思った。宿屋へ五円やったから財布の中には九円なにがししかない。九円じゃ東京までは帰れない。茶代なんかやらなければよかった。惜しい事をした。しかし九円だって、どうかならない事はない。旅費は足りなくっても嘘をつくよりましだと思って、到底あなたの仰《おっ》しゃる通りにゃ、出来ません、この辞令は返しますと云ったら、校長は狸の様な眼をぱちつかせておれの顔を見ていた。やがて、今のはただ希望である、あなたが希望通り出来ないのはよく知っているから心配しなくってもいいと云いながら笑った。その位よく知ってるなら、始めから威嚇《おどか》さなければいいのに。

(10)

考えてみると世間の大部分の人はわるくなる事を奨励している様に思う。わるくならなければ社会に成功はしないものと信じているらしい。たまに正直な純粋な人を見ると、坊っちゃんだの小僧だのと難癖をつけて軽蔑する。それじゃ小学校や中学校で嘘をつくな、正直にしろと倫理の先生が教えない方がいい。いっそ思い切って学校で嘘をつく法とか、人を信じない術とか、人を乗せる策を教授する方が、世の為《ため》にも当人の為にもなるだろう。

(11)

学校には宿直があって、職員が代る代るこれをつとめる。ただし狸と赤シャツは例外である。何でこの両人が当然の義務を免かれるのかと聞いてみたら、奏任《そうにん》待遇だからと云う。面白くもない。月給はたくさんとる、時間は少ない、それで宿直を逃がれるなんて不公平があるものか。勝手な規則をこしらえて、それが当り前だと云う様な顔をしている。よくまああんなにずうずうしく出来るものだ。これについては大分不平であるが、山嵐の説によると、いくら一人で不平を並べたって通るものじゃないそうだ。一人だって二人だって正しい事なら通りそうなものだ。山嵐は

might is right という英語を引いて説諭を加えたが、何だか要領を得ないから、聞き返してみたら強者の権利と云う意味だそうだ。

(12)

「そのマドンナさんがなもし、あなた。そらあの、あなたを此処《ここ》へ世話をして御くれた古賀先生なもし――あの方の所へ御嫁に行く約束が出来ていたのじゃがなもし――」

「へえ、不思議なもんですね。あのうらなり君が、そんな艶福《えんぷく》のある男とは思わなかった。人は見懸けによらないものだな。ちっと気を付けよう」

「ところが、去年あすこの御父さんが、御亡くなりて、――それまでは御金もあるし、銀行の株も持って御出るし、万事都合がよかったのじゃが――それからと云うものは、どういうものか急に暮し向きが思わしくなくなって――つまり古賀さんがあまり御人が好過ぎるけれ、御欺されたんぞなもし。それや、これやで御輿入《こしいれ》も延びているところへ、あの教頭さんが御出でて、是非御嫁にほしいと御云いるのじゃがなもし」(中略)

「それで古賀さんに御気の毒じゃてて、御友達の堀田さんが教頭の所へ意見をしに御行きたら、赤シャツさんが、あしは約束のあるものを横取りする積りはない。破約になれば貰うかも知れんが、今のところは遠山家とただ交際をしているばかりじゃ、遠山家と交際をするには別段古賀さんに済まん事もなかろうと御云いるけれ、堀田さんも仕方がなしに御戻りたそうな。赤シャツさんと堀田さんは、それ以来折合がわるいと云う評判ぞなもし」

(13)

「あそこも御父さんが御亡くなりてから、あたし達が思う程暮し向が豊かにのうて御困りじゃけれ、御母さんが校長さんに御頼みて、もう四年も勤めているものじゃけれ、どうぞ毎月頂くものを、今少しふやして御くれんかてて、あなた」

「成程」

「校長さんが、ようまあ考えてみとこうと御云いたげな。それで御母さんも安心して、今に増給の御沙汰があろぞ、今月か来月かと首を長くして待って御いでたところへ、校長さんがちょっと来てくれと古賀さんに御云いるけれ、行ってみると、気の毒だが学校は金が足りんけれ、月給を上げる訳にゆかん。しかし延岡になら空いた口があって、其方《そっち》なら毎月五円余分にとれるから、御望み通りでよかろうと思うて、その手続きにしたから行くがええと云われたげな。――」

「じゃ相談じゃない、命令じゃありませんか」

「左様《さよ》よ。古賀さんはよそへ行って月給が増すより、元のままでもええから、ここに居りたい。屋敷もあるし、母もあるからと御頼みたけれども、もうそう極《き》めたあとで、古賀さんの代りは出来ているけれ仕方がないと校長が御云いたげな」

「へん人を馬鹿にしてら、面白くもない。じゃ古賀さんは行く気はないんですね。どうれで変だと思った。五円位上がったって、あんな山の中へ猿の御相手をしに行く唐変木《とうへんぼく》はまずないからね」

「唐変木て、先生なんぞなもし」

「何でもいいでさあ、――全く赤シャツの作略だね。よくない仕打だ。まるで欺撃《だましうち》ですね」

（14）

今度の事件は全く赤シャツが、うらなりを遠ざけて、マドンナを手に入れる作略なんだろうとおれが云ったら、無論そうに違いない。あいつは大人しい顔をして、悪事を働いて、人が何か云うと、ちゃんと逃道を拵《こしら》えて待っているんだから、よっぽど奸物《かんぶつ》だ。あんな奴にかかっては鉄拳制裁でなくっちゃ利かないと、瘤《こぶ》だらけの腕をまくって見せた。

（15）

「うん、あの野郎の考じゃ芸者買は精神的娯楽で、天麩羅や、団子は物質的娯楽なんだろう。精神的娯楽なら、もっと大べらにやるがいい。何だあの様は。馴染の芸者が這入《はい》ってくると、入れ代りに席をはずして、逃げるなんて、どこまでも人を誤魔化《ごまか》す気だから気に食わない。そうして人が攻撃すると、僕は知らないとか、露西亜文学だとか、俳句が新体詩の兄弟分だとか云って、人を烟《けむ》に捲く積りなんだ。あんな弱虫は男じゃないよ。全く御殿女中の生れ変りか何かだぜ。ことによると、彼奴《あいつ》のおやじは湯島のかげまかもしれない」

「湯島のかげまた何だ」

「何でも男らしくないもんだろう。――君そこの所はまだ煮えていないぜ。そんなのを食うと條虫《さなだ》が湧くぜ」

「そうか、大抵大丈夫だろう。それで赤シャツは人に隠れて、温泉《ゆ》の町の角屋へ行って、芸者と会見するそうだ」

「角屋って、あの宿屋か」

「宿屋兼料理屋さ。だからあいつを一番へこます為には、彼奴が芸者をつれて、あすこへ這入り込むところを見届けておいて面詰するんだね」

「見届けるって、夜番でもするのかい」

「うん、角屋の前に枡屋《ます》という宿屋があるだろう。あの表二階をかりて、障子へ穴をあけて、見ているのさ」

「見ているときに来るかい」

「来るだろう。どうせ一と晩じゃいけない。二週間ばかりやる積りでなくっちゃ」

「ずいぶん疲れるぜ。僕あ、おやじの死ぬとき一週間ばかり徹夜して看病した事があるが、あとでぼんやりして、大いに弱った事がある」

「少し位身体が疲れたって構わんさ。あんな奸物をあのままにして置くと、日本の為にならないから、僕が天に代って誅戮《ちゅうりく》を加えるんだ」

「愉快だ。そう事が極まれば、おれも加勢してやる。それで今夜から夜番をやるのかい」

「まだ枡屋に懸合ってないから、今夜は駄目だ」

「それじゃ、いつから始める積りだい」

「近々のうちやるさ。いずれ君に報知をするから、そうしたら、加勢してくれ給え」

「よろしい、いつでも加勢する。僕は計略《はかりごと》は下手だが、喧嘩とくるとこれでなかなかすばしこいぜ」

(16)

おれが玉子をたたきつけているうち、山嵐と赤シャツはまだ談判最中である。

「芸者を連れて僕が宿屋へ泊ったと云う証拠がありますか」

「宵に貴様のなじみの芸者が角屋へ這入ったのを見て云う事だ。誤魔化せるものか」

事ではない」

「誤魔化す必要はない。僕は吉川君と二人で泊ったのである。芸者が宵に這入ろうが、這入るまいが、僕の知った

「だまれ」と山嵐は拳骨《げんこつ》を食わした。赤シャツはよろよろしたが「これは乱暴だ、狼藉である。理非を弁じないで腕力に訴えるのは無法だ」

「無法でたくさんだ」とまたぽかりと撲《な》ぐる。「貴様の様な奸物はなぐらなくっちゃ、答えないんだ」とぽかぽかなぐる。おれも同時に野だを散々に擲き据えた。仕舞には二人とも杉の根方にうずくまって動けないのか、眼がちらちらするのか逃げようともしない。

「もうたくさんか、たくさんでなけりゃ、まだ撲ってやる」とぽかんぽかんと両人《ふたり》でなぐったら「もうたくさんだ」と云った。野だに「貴様もたくさんか」と聞いたら「むろんたくさんだ」と答えた。

「貴様等は奸物だから、こうやって天誅《てんちゅう》を加えるんだ。これに懲りて以来つつしむがいい。いくら言葉巧みに弁解が立っても正義は許さんぞ」と山嵐が云ったら両人共だまっていた。

(17)

おれは早速辞表を書こうと思ったが、何と書いていいか分らないから、私儀都合有之《これあり》辞職の上東京へ帰り申候《もうしそうろう》につき左様御承知被下度《くだされたく》候以上とかいて校長宛にして郵便で出した。

汽船は夜六時の出帆である。山嵐もおれも疲れて、ぐうぐう寝込んで眼が覚めたら、午後二時であった。下女に巡査は来ないかと聞いたら参りませんと答えた。「赤シャツも野だも訴えなかったなあ」と二人は大きに笑った。

（18）

清の事を話すのを忘れていた。——おれが東京へ着いて下宿へも行かず、革鞄を提げたまま、清や帰ったよと飛び込んだら、あら坊っちゃん、よくまあ、早く帰って来て下さったと涙をぽたぽたと落した。おれも余り嬉しかったから、もう田舎へは行かない、東京で清とうちを持つんだと云った。

その後ある人の周旋で街鉄《がいてつ》の技手になった。月給は二十五円で、家賃は六円だ。清は玄関付きの家でなくっても至極満足の様子であったが気の毒な事に今年の二月肺炎に罹《かか》って死んでしまった。死ぬ前日おれを呼んで坊っちゃん後生だから清が死んだら、坊っちゃんの御寺へ埋めて下さい。御墓のなかで坊っちゃんの来るのを楽しみに待っておりますと云った。だから清の墓は小日向の養源寺にある。

II

森鷗外『雁』

（『スバル』明治四四年九月～大正二年五月）

【作家・作品紹介】

森鷗外（文久二　一八六二年一月一九日〜大正一一　一九二二年七月九日）は、石見国鹿足郡津和野町田村横堀（島根県鹿足郡津和野町町田）に、父静泰（のちに静男と改名）と母峰子の長男として生まれ、林太郎と名づけられた。森家は、代々津和野藩主亀井家の典医で、林太郎はその一四代である。藩校養老館では秀才をうたわれ、一〇歳のころには森家再興の期待を担って、父と共に上京する。明治七年、実年齢数え一三歳で第一大学区医学校（東京医学校）予科に入学したが、入学年齢に満たなかったため万延元年生まれとして二歳補った。一七年から二一年まで、あしかけ五年ドイツに官費留学し、ライプチヒ大学、ミュンヘン大学、ベルリン大学で衛生学および軍陣医学を学んだ。その間、文学、哲学、美学、芸術にも親しみ、造詣を深めていった。ドイツ留学時の日記にその全貌をうかがうことができる。

そして、ドイツから帰国後、発表した『舞姫』など独逸三部作によって作家として不動の名声を手にすることになる。

明治三二年から三五年の小倉左遷時代の隠忍と啓発を経て明治四〇年に陸軍軍医総監、陸軍省医務局長の軍医最高位にのぼり地位が安定した。しかも明治四二年『スバル』の創刊によって創作への情熱がよみがえり、豊熟の期を迎えた。夏目漱石の非自然主義の活躍が刺激を与えたことも作用した。西欧での自然主義の動向をよく知る鷗外は、日本の文壇で自然主義が流行した時期に、夏目漱石とともに反自然主義の立場をとり、文壇からは〝あそび〟と称された。

この時期の代表作品である『雁』は、女性の自我の目覚めの過程と、人生の岐路に偶然が及ぼす不可知の一端が描かれた中編小説である。高利貸しの末造の妾お玉が次第に自我に目覚め、散歩で家の前を通る医大生の岡田に恋心を抱く。末造が留守のとき、お玉は岡田を家に招こうとするが、偶然にも岡田が友人を伴っており、二人きりになる機会を逸する。岡田はドイツ留学のため、下宿を引き払う前日だった。お玉の運命を象徴するように、岡田の投げた石が不忍の池の雁に当たり、偶然にも死んだのであった。

※本文の順序を入れ替えた箇所がある。

『雁』本文（抄）

（1）

「世間は物騒な最中で、井伊様がお殺されなすってから二年目、生麦《なまむぎ》で西洋人が斬られたと云う年であった。それからと云うものは、店も何もなくしてしまったわたしが、何遍もいっその事死んでしまおうかと思ったのを、小さい手でわたしの胸をいじって、大きい目でわたしの顔を見て笑う、可哀《かわい》いお玉を一しょに殺す気になられないばっかりに、出来ない我慢をして一日々々と命を繋いでいた。お玉が生れた時、わたしはもう四十五で、お負《まけ》に苦労をし続けて年より更《ふ》けていたのだが、一人口は食えなくても二人口は食えるなどと云って、小金を持った後家さんの所へ、入《いり》壻《むこ》に世話をしよう、子供は里にでも遣ってしまえと、親切に云ってくれた人もあったが、わたしはお玉が可哀さに、そっけもなくことわった。それまでにして育てたお玉を、貧すれば鈍するとやら云うわけで、飛んだ不実な男の慰《なぐさみ》者《もの》にせられたのが、悔やしくて悔やしくてならないのだ。為合《しあわ》せな事には、好い娘だと人も云って下さるあの子だから、どうか堅気な人に遣りたいと思っても、わたしと云う親があるので、誰も貰おうと云ってくれぬ。それでも囲物や妾には、どんな事があっても出すまいと思っていたが、堅い檀那だと、お前さん方が仰《おっし》ゃるから、お玉も来年は二十《はたち》になるし、余りとうの立たないうちに、どうかして遣りたさに、とうとうわたしは折れ合ったのだ。そうした大事なお玉を上げるのだから、是非わたしが一しょに出て、檀那にお目に掛からなくてはならぬ」と云うのである。

（2）

その時末造が或る女を思い出した。それは自分が練塀町《ねりべいちょう》の裏からせまい露地を抜けて大学へ通勤する時、折々見たことのある女である。どぶ板のいつもこわれているあたりに、年中戸が半分締めてある、薄暗い家があって、夜その前を通って見れば、簷下《のきした》に車の附いた屋台が挽《ひ》き込んであるので、そうでなくても狭い露地を、体を斜《ななめ》にして通らなくてはならない。最初末造の注意を惹《ひ》いたのは、この家に稽古三味線の音のすることであった。それからその三味線の音の主が、十六七の可哀らしい娘だと云うことを知った。貧しそうな家には似ず、この娘がいつも身綺麗にして、着物も小ざっぱりとした物を着ていた。戸口にいても、人が通るとすぐ薄暗い家の中へ引っ込んでしまう。何事にも注意深い性質の末造は、わざわざ探るともなしに、この娘が玉と云う子で、母親がなくて、親爺《おやじ》と二人暮らしでいると云う事、その親爺は秋葉《あきは》の原に飴細工の床店を出していると云う事などを知った。そのうちにこの裏店《うらだな》に革命的変動が起った。例の簷下《のきした》に引き入れてあった屋台が、夜通って見てもなくなった。いつもひっそりしていた家とその周囲とへ、当時の流行語で言うと、開化と云うものが襲ってでも来たのか、半分こわれて、半分はね返っていたどぶ板が張り替えられたり、入口の模様替が出来て、新しい格子戸が立てられたりした。或る時入口に靴の脱いであるのを見た。それから間もなく、この家の戸口に新しい標札が打たれたのを見ると、巡査何の某《なにがし》と書いてあった。末造は松永町から、仲徒町《なかおかちまち》へ掛けて、色々な買物をして廻る間に、又探るともなしに、飴屋の爺いさんの内へ婿入のあった事を慥《たしか》めた。標札にあった巡査がその婿なのである。お玉を目の球よりも大切にしていた爺いさんは、こわい顔のおまわりさんに娘を渡すのを、天狗にでも攫《さら》われるように思い、その婿殿が自分の内へ這《はい》り込んで来るのを、この上もなく窮屈に思って、平生心安くする誰彼に相談したが、一人もことわってしまえとはっきり云ってくれるものがなかった。それ見た事か。こっちとらが宜《い》い所へ世話をしようと云うのに、一人娘だから出されぬのなんのと、面倒な事を言っていて、とうとうそんなことわり憎い婿さんが来るようになったと云うものもある。お前方の方で厭《いや》なのなら、遠い所へでも越すより外あるまいが、相手がおまわりさんで見ると、すぐにどこへ越したと云うことを調べて、その先へ掛け合うだろうから、どうも逃げ果《おお》せることは出来まいと、威《おど》すように云うものもある。中にも一番物分かりの好いと云う評判のお上さんの話がこうだ。「あの子はあんな好い器量で、お師匠さんも芸が出来そうだと云って褒めてお出《いで》だから、早く芸者の下地子《したぢっこ》におしと、わたしがそう云ったじゃありませんか。一人もののおまわりさんと来た日には、一軒一軒見て廻るのだから、子柄の好いのを内に置くと、いやおうなしに連れて行ってしまいなさる。どうもそう云う方に見込まれたのは、不運だとあきらめるより外、しかたがないね」と云うような事を言ったそうだ。末造がこの噂を聞いてから、やっと三月ばかりも立った頃であっただろう。飴細工屋の爺いさんの家に、或る朝戸が締まっていて、戸に「貸屋差配松永町西のはずれにあり」と書いて張ってあった。そこで又近所の噂を、買物の序《ついで》に聞いて見ると、おまわりさんには国に女房も子供もあったので、それが出し抜けに尋ねて来て、大騒ぎをして、お玉は井戸へ身を投げると云って飛び出したのを、立聞をしていた隣の上さんが、ようよう止めたと云うことであった。おまわりさんが壻に来ると云う時、爺いさんは色々の人に相談したが、その相談相手のうちには一人も爺いさんの法律顧問になってくれるものがなかったので、爺いさんは戸籍がどうなっているやら、どんな届がしてあるやら一切無頓着でいたのである。巡査が髭を拈《ひね》って、手続は万事己《おれ》がするから好いと云うのを、少しも疑わなかったのである。その頃松永町の北角と云う雑貨店に、色の白い円顔であごの短い娘がいて、学生は「顋《あご》なし」と云っていた。この娘が末造にこう云った。「本当にたあちゃんは可哀そうでございますわねえ。正直な子だもんですから、全くのお壻さんだと思っていたのに、おまわりさんの方では、下宿したような積《つもり》になっていたと云うのですもの」と云った。坊主頭の北角の親爺が傍《そば》から口を出した。「爺いさんも気の毒ですよ。町内のお方にお恥かしくて、このままにしてはいられないと云って、西鳥越《にしとりごえ》の方へ越して行きましたよ。それでも子供衆のお得意のある所でなくては、元の商売が出来ないと云うので、秋葉の原へは出ているそうです。屋台も一度売ってしまって、佐久間町の古道具屋の店に出ていたのを、わけを話して取り返したと云うことです。そんな事やら、引越やらで、随分掛かった筈《はず》ですから、さぞ困っていますでしょう。おまわりさんが国の女房や子供を干し上げて置いて、大きな顔をして酒を飲んで、上戸《じょうご》でもない爺いさんに相手をさせていた間、まあ、一寸楽隠居になった夢を見たようなものですな」と、頭をつるりとなでて云った。それからのち、末造は飴屋のお玉さんの事を忘れていたのに、金が出来て段々自由が利くようになったので、ふいと又思い出したのである。

今では世間の広くなっている末造の事だから、手を廻して西鳥越の方を尋ねさせて見ると、柳盛座《りゅうせいざ》の裏の車屋の隣に、飴細工屋の爺いさんのいるのを突き留めた。お玉も娘でいた。そこで或る大きい商人が妾《めかけ》に欲しいと云うがどうだと、人を以《もっ》て掛け合うと、最初は妾になるのはいやだと云っていたが、おとなしい女だけに、とうとう親の為めだと云うので、松源で檀那《だんな》にお目見えをすると云う処まで話が運んだ。

（3）

何事もなくても、こんな風に怯《おく》れがちなお玉の胆《きも》をとりひしいだ事が、越して来てから三日目にあった。それは越した日に八百屋も、肴《さかな》屋も通帳《かよいちょう》を持って来て、出入を頼んだのに、その日には肴屋が来ぬので、小さい梅を坂下へ遣《や》って、何か切身でも買って来させようとした時の事である。お玉は毎日肴なんぞが食いたくはない。酒を飲まぬ父が体に障らぬお数《かず》でさえあれば、なんでもいいと云う性《たち》だから、有り合せの物で御飯を食べる癖が附いていた。しかし隣の近い貧乏所帯で、あの家では幾日《いつか》立っても生腥気《なまくさげ》も食べぬと云われた事があったので、若《も》し梅なんぞが不満足に思ってはならぬ、それでは手厚くして下さる檀那に済まぬというような心から、わざわざ坂下の肴屋へ見せに遣ったのである。ところが、梅が泣顔をして帰って来た。どうしたかと問うと、こう云うのである。肴屋を見附けて這入ったら、その家はお内へ通を持って来たのとは違った家であった。御亭主がいないで、上さんが店にいた。多分御亭主は河岸《かし》から帰って、店に置くだけの物を置いて、得意先きを廻りに出たのであろう。店に新しそうな肴が沢山あった。梅は小鰺《こあじ》の色の好いのが一山あるのに目を附けて、値を聞いて見た。すると上さんが、「お前さんは見附けない女中さんだが、どこから買いにお出《いで》だ」と云ったので、これこれの内から来たと話した。上さんは急にひどく不機嫌な顔をして、「おやそう、お前さんお気の毒だが帰ってね、そうお云い、ここの内には高利貸の妾なんぞに売る肴はないのだから」と云って、それきり横を向いて、烟草を呑んで構い附けない。梅は余り悔やしいので、外の肴屋へ行く気もなくなって、駈けて帰った。そして主人の前で、気の毒そうに、肴屋の上さんの口上を、きれぎれに繰り返したのである。

お玉は聞いているうちに、顔の色が唇まで蒼《あお》くなった。そしてやや久しく黙っていた。世馴れぬ娘の胸の中で、込み入った種々の感情が chaos《カオス》 をなして、自分でもその織り交ぜられた糸をほぐして見ることは出来ぬが、その感情の入り乱れたままの全体が、強い圧《あつ》を売られた無垢《むく》の処女の心の上に加えて、体じゅうの血を心の臓に流れ込ませ、顔は色を失い、背中には冷たい汗が出たのである。こんな時には、格別重大でない事が、最初に意識せられるものと見えて、お玉はこんな事があっては梅がもうこの内にはいられぬと云うだろうかと先《ま》ず思った。

梅はじっと血色《ちいろ》の亡くなった主人の顔を見ていて、主人がひどく困っていると云うことだけは暁《さと》ったが、何に困っているのか分からない。つい腹が立って帰っては来たが、午《ひる》のお菜がまだないのに、このままにしていては済まぬと云うことに気が付いた。さっき貰って出て行ったお足《あし》さえ、まだ帯の間に挿《はさ》んだきりで出さずにいるのであった。

「ほんとにあんな厭なお上さんてありやしないわ。あんな内のお肴を誰が買って遣るものか。もっと先の、小さいお稲荷さんのある近所に、もう一軒ありますから、すぐに行って買って来ましょうね」慰めるようにお玉の顔を見て起ち上がる。お玉は梅が自分の身方になってくれた、刹那の嬉しさに動されて、反射的に微笑んで頷く。梅はすぐばたばたと出て行った。

お玉は跡にそのまま動かずにいる。気の張が少し弛《ゆる》んで、次第に涌《わ》いて来る涙が溢《あふ》れそうになるので、袂《たもと》からハンカチイフを出して押えた。胸の内にはただ悔やしい、悔やしいと云う叫びが聞える。これがかの混沌とした物の発する声である。肴屋が売ってくれぬのが憎いとか、売ってくれぬような身の上だと知って悔やしいとか、悲しいとか云うのでないことは勿論であるが、身を任せることになっている末造が高利貸であったと分かって、その末造を憎むとか、そう云う男に身を任せているのが悔やしいとか、悲しいとか云うのでもない。お玉も高利貸は厭なもの、こわいもの、世間の人に嫌われるものとは、仄《ほの》かに聞き知っているが、父親が質屋の金しか借りたことがなく、それも借りたい金高《きんだか》を番頭が因業《いんごう》で貸してくれぬことがあっても、父親はただ困ると云うだけで番頭を無理だと云って怨んだこともない位だから、子供が鬼がこわい、お廻りさんがこわいのと同じように、高利貸と云う、こわいものの存在を教えられていても、別に痛切な感じは持っていない。そんなら何が悔やしいのだろう。

一体お玉の持っている悔やしいと云う概念には、世を怨み人を恨む意味がはなはだ薄い。強いて何物をか怨む意味があるとするなら、それは我身の運命を怨むのだとでも云おうか。自分が何の悪い事もしていぬのに、余所《よそ》から迫害を受けなくてはならぬようになる。それを苦痛として感ずる。悔やしいとはこの苦痛を斥《さ》すのである。自分が人に騙《だまさ》れて棄てられたと思った時、お玉は始て悔やしいと云った。それからたったこの間妾と云うものにならなくてはならぬ事になった時、又悔やしいを繰り返した。今はそれが只妾と云うだけでなくて、人の嫌う高利貸の妾でさえあったと知って、きのうきょう「時間」の歯で咬《か》まれて角がつぶれ、「あきらめ」の水で洗われて色のさめた「悔やしさ」

が、再びはっきりした輪廓、強い色彩をして、お玉の心の目に現われた。お玉が胸に鬱結《うっけつ》している物の本体は、強いて条理を立てて見れば先ずこんな物でもあろうか。

（４）

お玉は父親を幸福にしようと云う目的以外に、何の目的も有していなかったので、無理に堅い父親を口説き落すようにして人の妾になった。そしてそれを堕落せられるだけ堕落するのだと見て、その利他的行為の中に一種の安心を求めていた。しかしその檀那と頼んだ人が、人もあろうに高利貸であったと知った時は、余りの事に途方に暮れた。そこでどうも自分一人で胸のうやもやを排し去ることが出来なくなって、その心持を父親に打ち明けて、一しょに苦み悶《もだ》えて貰《もら》おうと思った。そうは思ったものの、池の端の父親を尋ねてその平穏な生活を目《ま》のあたり見ては、どうも老人の手にしている杯の裡《うち》に、一滴の毒を注ぐに忍びない。よしやせつない思をしても、その思を我胸一つに畳んで置こうと決心した。そしてこの決心と同時に、これまで人にたよることしか知らなかったお玉が、始て独立したような心持になった。

この時からお玉は自分で自分の言ったり為《し》たりする事をひそかに観察するようになって、末造が来てもこれまでのようにわだかまりのない直情で接せずに、意識してもてなすようになった。その間別に本心があって、体を離れて傍《わき》へ退《の》いて見ている。そしてその本心は末造をも、末造の自由になっている自分をも嘲笑《あざわら》っている。お玉はそれに始て気が附いた時ぞっとした。しかし時が立つと共に、お玉は慣れて、自分の心はそうなくてはならぬもののように感じて来た。

それからお玉が末造を遇することはいよいよ厚くなって、お玉の心はいよいよ末造に疎くなった。そして末造に世話になっているのが難有《ありがた》くもなく、自分が末造の為向《しむ》けてくれる事を恩に被《き》ないでも、それを末造に対して気の毒がるには及ばぬように感ずる。それと同時に又なんのしつけをも受けていない芸なしの自分ではあるが、その自分が末造の持物になって果てるのは惜しいように思う。とうとう往来を通る学生を見ていて、あの中にもし頼もしい人がいて、自分を今の境界《きょうがい》から救ってくれるようにはなるまいかとまで考えた。そしてそう云う想像に耽《ふけ》る自分を、忽然《こつぜん》意識した時、はっと驚いたのである。

この時お玉と顔をしり合ったのが岡田であった。お玉のためには岡田もただ窓の外を通る学生の一人に過ぎない。しかし際立って立派な紅顔の美少年でありながら、うぬぼれらしい、きざな態度がないのにお玉は気が附いて、何とはなしに懐かしい人柄だと思い初めた。それから毎日窓から外を見ているにも、またあの人が通りはしないかと待つようになった。

まだ名前も知らず、どこに住まっている人か知らぬうちに、度々顔を見合わすので、お玉はいつか自然に親しい心持になった。そしてふと自分の方から笑い掛けたが、それは気の弛《ゆる》んだ、抑制作用の麻痺した刹那の出来事で、おとなしいたちのお玉にはこちらから恋をし掛けようと、はっきり意識して、故意にそんな事をする心はなかった。

岡田が始て帽子を取って会釈した時、お玉は胸を躍らせて、自分で自分の顔の赤くなるのを感じた。女は直覚が鋭い。お玉には岡田の帽子を取ったのが発作的行為で、故意にしたのでないことが明白に知れていた。そこで窓の格子を隔てた覚束《おぼつか》ない不言の交際がここに新しい e'poque《エポック》 に入ったのを、この上もなく嬉しく思って、幾度《いくたび》も繰り返しては、その時の岡田の様子を想像に画《えが》いて見るのであった。

（5）

岡田がどんな男だと云うことを説明するには、その手近な、際立った性質から語り始めなくてはならない。それは美男だと云うことである。色の蒼《あお》い、ひょろひょろした美男ではない。血色が好くて、体格ががっしりしていた。僕はあんな顔の男を見たことがほとんど無い。強いて求めれば、大分あの頃から後になって、僕は青年時代の川上眉山と心安くなった。あのとうとう窮境《きゅうきょう》に陥《おちい》って悲惨の最期を遂げた文士の川上である。あれの青年時代が一寸《ちょっと》岡田に似ていた。もっとも当時競漕の選手になっていた岡田は、体格でははるかに川上なんぞに優《まさ》っていたのである。

容貌はその持主を何人《なんぴと》にも推薦する。しかしそればかりでは下宿屋で幅を利かすことは出来ない。そこで性行はどうかと云うと、僕は当時岡田程均衡を保った書生生活をしている男は少かろうと思っていた。学期毎に試験の点数を争って、特待生を狙《ねら》う勉強家ではない。遣《や》るだけの事をちゃんと遣って、級の中位より下には下《くだ》らずに進んで来た。遊ぶ時間は極《きま》って遊ぶ。夕食後に必ず散歩に出て、十時前には間違なく帰る。日曜日には舟を漕ぎに行くか、そうでないときは遠足をする。競漕前に選手仲間と向島《むこうじま》に泊り込んでいるとか、暑中休暇に故郷に帰るとかの外は、壁隣の部屋に主人のいる時刻と、留守になっている時刻とが狂わない。誰でも時計を号砲《どん》に合せることを忘れた時には岡田の部屋へ問いに行く。上条の帳場の時計も折々岡田の懐中時計によってただされるのである。周囲の人の心には、久しくこの男の行動を見ていればいる程、あれは信頼すべき男だと云う感じが強くなる。上条のお上さんがお世辞を言わない、破格な金遣《づか》いをしない岡田を褒め始めたのは、この信頼に本《もと》づいている。それには月々の勘定をきちんとすると云う事実が与《あず》かって力あるのは、ことわるまでもない。「岡田さんを御覧なさい」と云うことばが、しばしばお上さんの口から出る。

「どうせ僕は岡田君のようなわけには行かないさ」と先を越して云う学生がある。此《かく》の如くにして岡田はいつとなく上条の標準的下宿人になったのである。

岡田の日々の散歩は大抵道筋が極まっていた。寂しい無縁坂を降りて、藍染《あいぞめ》川のお歯黒のような水の流れ込む不忍《しのばず》の池の北側を廻って、上野の山をぶらつく。それから松源《まつげん》や雁鍋のある広小路、狭い賑《にぎ》やかな仲町を通って、湯島天神の社内にはいって、陰気な臭橘《からたち》寺の角を曲がって帰る。しかし仲町を右へ折れて、無縁坂から帰ることもある。

（6）

岡田は郷里から帰って間もなく、夕食後に例の散歩に出て、加州の御殿の古い建物に、仮に解剖室が置いてあるあたりを過ぎて、ぶらぶら無縁坂を降り掛かると、偶然一人の湯帰りの女がかの為立物師《したてものし》の隣の、寂しい家に這入るのを見た。もう時候がだいぶ秋らしくなって、人が涼みにも出ぬ頃なので、一時人通りの絶えた坂道へ岡田が通り掛かると、丁度今例の寂しい家の格子戸の前まで帰って、戸を明けようとしていた女が、岡田の下駄の音を聞いて、ふいと格子に掛けた手を停《とど》めて、振り返って岡田と顔を見合せたのである。

紺縮の単物《ひとえもの》に、黒繻子《くろじゅす》と茶献上との腹合せの帯を締めて、繊《ほそ》い左の手に手拭やら石鹸《シャボン》箱やら糠袋《ぬかぶくろ》やら海綿やらを、細かに編んだ竹の籠に入れたのをだるげに持って、右の手を格子に掛けたまま振り返った女の姿が、岡田には別に深い印象をも与えなかった。しかし結い立ての銀杏返しの鬢が蟬の羽のように薄いのと、鼻の高い、細長い、やや寂しい顔が、どこの加減か額から頬に掛けて少しひらたいような感じをさせるのとが目に留まった。岡田はただそれだけの刹那の知覚を閲歴したと云うに過ぎなかったので、無縁坂を降りてしまう頃には、もう女の事は綺麗に忘れていた。

しかし二日ばかり立ってから、岡田はまた無縁坂の方へ向いて出掛けて、例の格子戸の家の前近く来た時、先きの日の湯帰りの女の事が、突然記憶の底から意識の表面に浮き出したので、その家の方を一寸見た。竪《たて》に竹を打ち付けて、横に二段ばかり細く削った木を渡して、それを蔓《かずら》で巻いた肱掛窓《ひじかけまど》がある。その窓の障子が一尺ばかり明いていて、卵の殻を伏せた万年青《おもと》の鉢が見えている。こんな事を、幾分かの注意を払って見た為めに、歩調が少し緩《ゆる》くなって、家の真ん前に来掛かるまでに、数秒時間の余裕を生じた。

そして丁度真ん前に来た時に、意外にも万年青の鉢の上の、今まで鼠色の闇に鎖されていた背景から、白い顔が浮き出した。しかもその顔が岡田を見て微笑《ほほえ》んでいるのである。

それからは岡田が散歩に出て、この家の前を通る度に、女の顔を見ぬことはほとんど無い。岡田の空想の領分に折々この女が闖《ちん》入して来て、次第に我物顔に立ち振舞うようになる。女は自分の通るのを待っているのだろうか、それともなんの意味もなく外を見ているので、偶然自分と顔を合せることになるのだろうかと云う疑問が起る。そこで湯帰りの女を見た日より前にさかのぼって、あの家の窓から女が顔を出していたことがあったか、どうかと思って考えて見るが、無縁坂の片側町で一番騒がしい為立物師の家の隣は、いつも綺麗に掃除のしてある、寂しい家であったと云う記念の外には、何物も無い。どんな人が住んでいるだろうかと疑ったことは慥かにあるようだが、それさえなんとも解決が附かなかった。どうしてもあの窓はいつも障子が締っていたり、簾が降りていたりして、その奥はひっそりしていたようである。そうして見ると、あの女は近頃外に気を附けて、窓を開けて自分の通るのを待っていることになったらしいと、岡田はとうとう判断した。

通る度に顔を見合せて、その間々にはこんな事を思っているうちに、岡田は次第に「窓の女」に親しくなって、二週間も立った頃であったか、或る夕方例の窓の前を通る時、無意識に帽を脱いで礼をした。その時微白《ほの》い女の顔がさっと赤く染まって、寂しいほほえみの顔が華やかな笑顔になった。それからは岡田は極まって窓の女に礼をして通る。

（7）

「さあ僕もそろそろお暇《いとま》をしましょう」と云って、岡田があたりを見廻した。

女主人はうっとりと何か物を考えているらしく見えていたが、このことばを聞いて、岡田の方を見た。そして何か言いそうにして躊躇《ちゅうちょ》して、目を脇へそらした。それと同時に女は岡田の手に少し血の附いているのを見附けた。「あら、あなたお手がよごれていますわ」と云って、女中を呼んで上り口へ手水盥《ちょうずたらい》を持って来させた。岡田はこの話をする時女の態度を細かには言わなかったが、「ほんの少しばかり小指の所に血の附いていたのを、よく女が見附けたと、僕は思ったよ」と云った。

（8）

岡田に蛇を殺して貰った日の事である。お玉はこれまで目で会釈をした事しか無い岡田と親しく話をした為《た》めに、自分の心持が、我ながら驚く程急劇に変化して来たのを感じた。女には欲しいとは思いつつも買おうとまでは思わぬ品物がある。そう云う時計だとか指環《ゆびわ》だとかが、硝子窓の裏に飾ってある店を、女はそこを通る度に覗いて行く。わざわざその店の前に往こうとまではしない。何か外の用事でそこの前を通り過ぎることになると、きっと覗いて見るのである。欲しいと云う望みと、それを買うことは所詮《しょせん》企て及ばぬと云う諦《あきら》めとが一つになって、或る痛切で無い、微《かす》かな、甘い哀傷的情緒が生じている。女はそれを味うことを楽みにしている。それとは違って、女が買おうと思う品物はその女に強烈な苦痛を感ぜさせる。女は落ち着いていられれぬ程その品物に悩まされる。たとい幾日か待てば容易《たやす》く手に入ると知っても、それを待つ余裕が無い。女は暑さをも寒さをも夜闇をも雨雪をも厭《いと》わずに、衝動的に思い立って、それを買いに往くことがある。万引なんと云うことをする女も、別に変った木で刻まれたものでは無い。

ただこの欲しい物と買いたい物との境界がぼやけてしまった女たるに過ぎない。岡田はお玉のためには、これまで只欲しい物であったが、今やたちまち変じて買いたい物になったのである。

お玉は小鳥を助けて貰ったのを縁に、どうにかして岡田に近寄りたいと思った。最初に考えたのは、何か品物を梅に持たせて礼に遣ろうかと云う事である。さて品物は何にしようか、藤村《ふじむら》の田舎饅頭でも買って遣ろうか。それでは余り智慧が無さ過ぎる。世間並の事、誰でもしそうな事になってしまう。そんならと云って、小切れで肘衝《ひじつき》でも縫って上げたら、岡田さんにはおぼこ娘の恋のようで可笑《おか》しいと思われよう。どうも好い思附きが無い。さて品物は何か工夫が附いたとして、それをつい梅に持たせて遣ったものだろうか。名刺はこないだ仲町でこしらえさせたのがあるが、それを添えただけでは、物足らない。ちょっと一筆書いて遣りたい。さあ困った。学校は尋常科が済むと下がってしまって、それからは手習をする暇も無かったので、自分には満足な手紙は書けない。

（9）

末造が来ていても、箱火鉢を中に置いて、向き合って話をしている間に、これが岡田さんだったらと思う。最初はそう思う度に、自分で自分の横着を責めていたが、次第に平気で岡田の事ばかり思いつつも、話の調子を合せているようになった。それから末造の自由になっていて、目を瞑《つぶ》って岡田の事を思うようになった。折々は夢の中で岡田と一しょになる。煩わしい順序も運びもなく一しょになる。そして「ああ、嬉しい」と思うとたんに、相手が岡田ではなくて末造になっている。はっと驚いて目を醒まして、それから神経が興奮して寝られぬので、じれて泣くこともある。

（10）

お玉は岡田に接近しようとするのに、若し第三者がいて観察したら、もどかしさに堪えまいと思われる程、逡巡していたが、けさ末造が千葉へ立つと云って暇乞《いとまごい》に来てから、追手《おいて》を帆に孕《はら》ませた舟のように、志す岸に向って走る気になった。それで梅をせき立てて、親許《おやもと》に返して遣ったのである。邪魔になる末造は千葉へ往って泊る。女中の梅も親の家に帰って泊る。これからあすの朝までは、誰にも掣肘《せいちゅう》せられることの無い身の上だと感ずるのが、お玉のためには先《ま》ず愉快でたまらない。そしてこうとんとん拍子に事が運んで行くのが、終局の目的の容易に達せられる前兆でなくてはならぬように思われる。きょうに限って岡田さんが内の前をお通なさらぬことは決して無い。往反《ゆきかえり》に二度お通なさる日もあるのだから、どうかして一度逢われずにしまうにしても、二度共見のがすようなことは無い。きょうはどんな犠牲を払っても物を言い掛けずには置かない。思い切って物を言い掛けるからは、あの方の足が留められぬ筈が無い。わたしは卑しい妾に身をおとしている。しかも高利貸の妾になっている。だけれど生娘《きむすめ》でいた時より美しくはなっても、醜くはなっていない。その上どうしたのが男に気に入ると云うことは、不為合《ふしあわせ》な目に逢った物怪《もっけ》の幸に、次第に分かって来ているのである。して見れば、まさか岡田さんに一も二もなく厭な女だと思われることはあるまい。いや。そんな事は確かに無い。もし厭な女だと思ってお出なら、顔を見合せる度に礼をして下さる筈が無い。いつか蛇を殺して下すったのだってそうだ。あれがどこの内の出来事でも、きっと手を藉《か》して下すったのだと云うわけではあるまい。もしわたしの内でなかったら、知らぬ顔をして通り過ぎておしまいなすったかも知れない。それにこっちでこれだけ思っているのだから、皆までとは行かぬにしても、この心が幾らか向うに通っていないことはない筈だ。なに。案じるよりは生むが易《やす》いかも知れない。こんな事を思い続けているうちに、小桶の湯がすっかり冷えてしまったのを、お玉はつめたいとも思わずにいた。

（11）

岡田は今夜己の部屋へ来て話そうと思っていたが、丁度己にさそわれたので、一しょに外へ出た。出てからは、食事をする時話そうと思っていたが、それもどうやら駄目になりそうである。そこで歩きながらかいつまんで話すことにする。岡田は卒業の期を待たずに洋行することに極まって、もう外務省から旅行券を受け取り、大学へ退学届を出してしまった。それは東洋の風土病を研究しに来たドイツの Professor W.《プロフェッソル・ウエエ》が、往復旅費四千マルクと、月給二百マルクを給して岡田を傭ったからである。ドイツ語を話す学生のうちで、漢文を楽に読むものと云う注文を受けて、Baelz《ベルツ》教授が岡田を紹介した。岡田は築地にWさんを尋ねて、試験を受けた。素問《そもん》と難経《なんきょう》とを二三行ずつ、傷寒論と病源候論とを五六行ずつ訳させられたのである。難経は生憎《あいにく》「三焦《さんしょう》」の一節が出て、何と訳して好いかとまごついたが、これは chiao《チャオ》と音訳して済ませた。とにかく試験に合格して、即座に契約が出来た。Wさんは Baelz さんの現に籍を置いているライプチヒ大学の教授だから、岡田をライプチヒへ連れて往って、ドクトルの試験はWさんの手で引き受けてさせる。卒業論文にはWさんのために訳した東洋の文献を使用しても好いと云うことである。岡田はあす上条を出て、築地のWさんの所へ越して往って、Wさんが支那と日本とで買い集めた書物の荷造をする。それからWさんに附いて九州を視察して、九州からすぐに Messagerie《メッサジュリイ》 Maritime《マリチイム》 会社の舟に乗るのである。

僕は折々立ち留まって、「驚いたね」とか、「君は果断だよ」とか云って、随分ゆるゆる歩きつつこの話を聞いた積であった。しかし聞いてしまって時計を見れば、石原に分れてからまだ十分しか立たない。それにもう池の周囲のほとんど三分の二を通り過ぎて、仲町裏の池の端をはずれ掛かっている。

「このまま往っては早過ぎるね」と、僕は云った。

「蓮玉へ寄って蕎麦を一杯食って行こうか」と、岡田が提議した。

僕はすぐに同意して、一しょに蓮玉庵《れんぎょく》へ引き返した。その頃下谷から本郷へ掛けて一番名高かった蕎麦屋である。

蕎麦を食いつつ岡田は云った。「せっかく今まで遣って来て、卒業しないのは残念だが、しょせん官費留学生になれない僕がこの機会を失すると、ヨオロッパが見られないからね」

（12）

僕は石原の目を掠《かす》めるように、女の顔と岡田の顔とを見くらべた。いつも薄紅《うすくれない》に匂《にお》っている岡田の顔は、確に一入《ひとしお》赤く染まった。そして彼は偶然帽を動かすらしく粧《よそ》おって、帽のひさしに手を掛けた。女の顔は石のように凝《こ》っていた。そして美しく睜《みは》った目の底には、無限の残惜しさが含まれているようであった。

（13）

石原は黙って池の方を指ざした。岡田も僕も、灰色に濁ったゆうべの空気を透かして、指ざす方角を見た。その頃は根津に通ずる小溝《こみぞ》から、今三人の立っている汀《みぎわ》まで、一面に葦が茂っていた。その葦の枯葉が池の中心に向って次第に疎《まばら》になって、ただ枯蓮《かれはす》のぼろのような葉、海綿のような房《ぼう》が碁布《きふ》せられ、葉や房の茎は、種々の高さに折れて、それが鋭角にそびえて、景物に荒涼な趣を添えている。この bitume《ビチュウム》 色の茎の間を縫って、黒ずんだ上に鈍い反射を見せている水の面を、十羽ばかりの雁が緩やかに往来している。中には停止して動かぬのもある。

「あれまで石が届くか」と、石原が岡田の顔を見て云った。

「届くことは届くが、中《あた》るか中《あた》らぬかが疑問だ」と、岡田は答えた。

「遣って見給え」

岡田は躊躇した。「あれはもう寝るのだろう。石を投げ附けるのは可哀そうだ」

石原は笑った。「そう物の哀《あわれ》を知り過ぎては困るなあ。君が投げんと云うなら、僕が投げる」

岡田は不精らしく石を拾った。「そんなら僕が逃がして遣る」つぶてはひゅうと云う微《かす》かな響をさせて飛んだ。僕がその行方をじっと見ていると、一羽の雁がもたげていたくびをぐたりと垂れた。それと同時に二三羽の雁が鳴きつつ羽たたきをして、水面を滑《すべ》って散った。しかし飛び起ちはしなかった。頸《くび》を垂れた雁は動かずに故《もと》の所にいる。

「中《あた》った」と、石原が云った。

(14)

「不しあわせな雁もあるものだ」と、岡田が独言《ひとりごと》の様に云う。僕の写象には、何の論理的連繫《れんけい》もなく、無縁坂の女が浮ぶ。「僕はただ雁のいる所を狙って投げたのだがなあ」と、今度は僕に対して岡田が云う。「うん」と云いつつも、僕はやはり女の事を思っている。「でも石原のあれを取りに往くのが見たいよ」と、僕がしばらくたってから云う。こん度は岡田が「うん」と云って、何やら考えつつ歩いている。多分雁が気になっているのであろう。

III

芥川龍之介『地獄変』

（『大阪毎日新聞』大正七年五月）

【作家・作品紹介】

芥川龍之介（明治二五　一八九二年三月一日～昭和二　一九二七年七月二四日）は、東京市京橋区入船町（中央区明石町）に新原敏三の長男として生まれた。大正二年東京帝国大学英文科に入学した。四年一一月に『羅生門』を『帝国文学』に発表したが、注目されなかった。五年二月に『新思潮』を発刊。創刊号に発表した『鼻』を夏目漱石から評価され、さらに漱石門下の鈴木三重吉の推薦で『新小説』に執筆の機会を与えられた。芥川龍之介は長編作家ではなかった。世紀末文学の読書体験は、唯美的、都会的、理知的傾向、繊細美麗で典雅な風趣、文体にたいする強い関心、形式主義的興味などの資質を助長したと、従来論じられてきている。

『羅生門』『鼻』『芋粥』は、日本の王朝の説話集などから題材をとった王朝ものである。この三作はともに、『今昔物語』または『宇治拾遺物語』、あるいはその両者から物語の筋を借り、それに近代的な心理解釈をほどこしている。王朝ものと言っても、王朝時代の人間の心理をそのまま再現するというのではなく、王朝という舞台にした現代小説とも言える。『地獄変』も『宇治拾遺物語』『十訓抄』『古今著聞集』などを題材に描かれているが、作者の当時の芸術至上主義的信念を物語化したものであったと、言われている。

『地獄変』は、人間性の放棄により芸術美の完成を得るという、芥川の芸術至上主義を語る作品で、『宇治拾遺物語』を題材にしている。堀川の大殿に庇護されている絵仏師良秀は、醜く高慢な男だったが、異常な画才を持っていた。大殿に地獄変の屏風絵を描くことを命じられ、燃える牛車の中で上臈の悶え苦しむ姿を目の前で見せてほしいと願い出る。その夜猛火につつまれた車に縛られていたのは、良秀の愛する娘であった。その様を見た良秀は最初、苦悶の表情を浮かべるが、やがて恍惚と歓喜の中で娘が焼き殺されていく姿をながめはじめる。みごとな屛風を完成させた翌日、良秀は自殺するのである。

『地獄変』本文（抄）

（1）

その癖と申しますのは、吝嗇《りんしょく》で、慳貪《けんどん》で、恥知らずで、怠けもので、強欲で――いやその中でも取分け甚《はなはだ》しいのは、横柄で高慢で、何時《いつ》も本朝第一の画師と申す事を、鼻の先へぶら下げている事でございましょう。それも画道の上ばかりならまだしもでございますが、あの男の負け惜しみになりますと、世間の習慣《ならわし》とか慣例《しきたり》とか申すようなものまで、すべて莫迦《ばか》に致さずには置かないのでございます。これは永年良秀の弟子になっていた男の話でございますが、或日さる方の御邸《おやしき》で名高い檜垣《ひがき》の巫女《みこ》に御霊《ごりょう》が憑《つ》いて、恐しい御託宣《ごたくせん》があった時も、あの男は空耳《そらみみ》を走らせながら、有合《ありあわ》せた筆と墨とで、その巫女の物凄《ものすご》い顔を、丁寧に写しておったとか申しました。大方御霊の御祟《おたた》りも、あの男の眼から見ましたなら、子供欺《だま》しくらいにしか思われないのでございましょう。

さような男でございますから、吉祥天《きっしょうてん》を描《か》く時は、卑しい傀儡《くぐつ》の顔を写しましたり、不動明王《ふどうみょうおう》を描く時は、無頼《ぶらい》の放免の姿を像《かたど》りましたり、いろいろの勿体《もったい》ない真似を致しましたが、それでも当人を詰《なじ》りますと「良秀の描いた神仏がその良秀に冥罰《みょうばつ》を当てられるとは、異な事を聞くものじゃ」と空うそぶいているではございませんか。これにはさすがの弟子たちも呆《あき》れ返って、中には未来の恐ろしさに、そうそう暇をとったものも、少くなかったように見うけました。――先《ま》ず一口に申しましたなら、慢業重畳《まんごうちょうじょう》とでも名づけましょうか。とにかく当時天《あめ》の下で、自分程の偉い人間はないと思っていた男でございます。

（2）

が、何分前にも申し上げました通り、横紙《よこがみ》破りな男でございますから、それがかえって良秀は大自慢《おおじまん》で、何時ぞや大殿様が御冗談に、「その方はとかく醜いものが好きと見える。」と仰有《おっしゃ》った時も、あの年に似ず赤い唇《くちびる》でにやりと気味悪く笑いながら、「さようでござりまする。かいなでの絵師には総じて醜いものの美しさなどと申す事は、わかろう筈《はず》がございませぬ。」と、横柄に御答え申し上げました。如何《いか》に本朝第一の絵師にも致せ、よくも大殿様の御前へ出て、そのような高言が吐けたものでございます。

（3）

しかしこの良秀にさえ――この何とも云いようのない、横道者《おうどうもの》の良秀にさえ、たった一つ人間らしい、情愛のある所がございました。

と申しますのは、良秀が、あの一人娘の小女房《こにょうぼう》をまるで気違いのように可愛がっていた事でございます。先刻申し上げました通り、娘も至って気のやさしい、親思いの女でございましたが、あの男の子煩悩《こぼんのう》は、決してそれにも劣りますまい。何しろ娘の着る物とか、髪飾《かみかざり》とかの事と申しますと、どこの御寺の勧進《かんじん》にも喜捨をした事のないあの男が、金銭にはさらに惜し気もなく、整えてやると云うのでございますから、嘘《うそ》のような気が致すではございませんか。

（4）

でございますから、あの娘が大殿様のお声がかりで小女房に上りました時も、老爺《おやじ》の方は大不服で、当座の間は御前へ出ても、苦り切ってばかりおりました。大殿様が娘の美しいのに心を惹《ひ》かされて、親の不承知なのもかまわずに、召し上げたなどと申す噂は、大方かような様子を見たものの当推量《あてずいりょう》から出たのでございましょう。

（5）

尤《そもそも》もその噂は嘘でございましても、子煩悩の一心から、良秀が始終娘の下《さが》るように祈っておりましたのは確《たしか》でございます。或時大殿様の御云いつけで、稚児文殊《ちごもんじゅ》を描きました時も、御寵愛の童の顔を写しまして、見事な出来でございましたから、大殿様も至極御満足で、

「褒美《ほうび》にも望みの物を取らせるぞ。遠慮なく望め。」と云う難有《ありがた》い御言《おことば》が下りました。すると良秀は畏まって、何を申すかと思いますと、

「何卒《なにとぞ》私《わたくし》の娘をば御下げ下さいまするように。」と臆面もなく申し上げました。外《ほか》の御邸ならばともかくも、堀川の大殿様の御側に仕えているのを、如何《いか》に可愛《かわい》いからと申しまして、かようにぶしつけに御暇を願いますものが、どこの国におりましょう。これには大腹《たいふく》中の大殿様もいささか御機嫌を損じたと見えまして、しばらくはただ黙って良秀の顔を眺《なが》めて御《お》いでになりましたが、やがて、「それはならぬ。」と吐出すように仰有ると、急にそのまま御立ちになってしまいました。かような事が、前後四五遍もございましたろうか。今になって考えて見ますと、大殿様の良秀を御覧になる眼は、その都度にだんだんと冷やかになっていらしったようでございます。

（6）

するとまた、それにつけても、娘の方は父親の身が案じられるせいでもございますか、曹司《ぞうし》へ下っている時など

は、よく袿《うちぎ》の袖を噛んで、しくしく泣いておりました。そこで大殿様が良秀の娘に懸想《けそう》なすったなどと申す噂が、いよいよ拡《ひろ》がるようになったのでございましょう。中には地獄変の屏風の由来も、実は娘が大殿様の御意に従わなかったからだなどと申すものもおりますが、元よりさような事がある筈はございません。

（7）

それが始めはただ、声でございましたが、しばらくしますと、次第に切れ切れな語になって、云わば溺れかかった人間が水の中で呻《うな》るように、かような事を申すのでございます。

「なに、己に来いと云うのだな。――どこへ――どこへ来いと？　奈落《ならく》へ来い。炎熱地獄へ来い。――誰だ。そう云う貴様は。――貴様は誰だ――誰だと思ったら」

弟子は思わず絵の具を溶く手をやめて、恐る恐る師匠の顔を、覗《のぞ》くようにして透《すか》して見ますと、皺だらけな顔が白くなった上に、大粒な汗を滲《にじ》ませながら、唇のかわいた、歯の疎《まばら》な口を喘ぐように大きく開けております。そうしてその口の中で、何か糸でもつけて引張っているかと疑う程、目まぐるしく動くものがあると思いますと、それがあの男の舌だったと申すではございませんか。切れ切れな語は元より、その舌から出て来るのでございます。

「誰だと思ったら――うん、貴様だな。己も貴様だろうと思っていた。なに、迎えに来たと？　だから来い。奈落へ来い。奈落には――奈落には己の娘が待っている。」

その時、弟子の眼には、朦朧《もうろう》とした異形《いぎょう》の影が、屏風の面《おもて》をかすめてむらむらと下りて来るように見えた程、気味の悪い心もちが致したそうでございます。もちろん弟子はすぐに良秀に手をかけて、力のあらん限り揺《ゆ》り起しましたが、師匠はなお夢現《ゆめうつつ》に独《ひと》り語を云いつづけて、容易に眼のさめる気色《けしき》はございません。そこで弟子は思い切って、側にあった筆洗《ひっせん》の水を、ざぶりとあの男の顔へ浴びせかけました。

「待っているから、この車へ乗って来い――この車へ乗って、奈落へ来い――」と云う語がそれと同時に、喉《のど》をしめられるような呻き声に変ったと思いますと、やっと良秀は眼を開《あ》いて、針で刺されたよりも慌しく、矢庭にそこへ刎《は》ね起きました。

（8）

私はわれ知らず二足三足よろめいて、その遣戸へ後《うしろ》ざまに、したたか私の体を打ちつけました。こうなっては、もう一刻も躊躇《ちゅうちょ》している場合ではございません。私は矢庭《やにわ》に遣戸を開け放して、月明りのとどかない奥の方へ跳《おど》りこもうと致しました。が、その時私の眼を遮《さえぎ》ったものは――いや、それよりももっと私は、同時にその部屋の中から、弾《はじ》かれたように駈け出そうとした女の方に驚かされました。女は出合頭《であいかしら》に危く私に衝《つ》き当ろうとして、そのまま外へ転《ころ》び出ましたが、何故かそこへ膝《ひざ》をついて、息を切らしながら私の顔を、何か恐ろしいものでも見るように、戦《おのの》き戦き見上げているのでございます。

それが良秀の娘だったことは、何もわざわざ申し上げるまでもございますまい。が、その晩のあの女は、まるで人間が違ったように、いきいきと私の眼に映りました。眼は大きくかがやいております。頬も赤く燃えておりましたろう。そこへしどけなく乱れた袴や袿《うちぎ》が、何時もの幼さとは打って変った艶《なまめかし》さえも添えております。これが実際あの弱々しい、何事にも控え目がちな良秀の娘でございましょうか。――私は遣戸に身を支えて、この月明りの中にいる美しい娘の姿を眺めながら、慌しく遠のいて行くもう一人の足音を、指させるもののように指さして、誰ですと静に眼で尋ねました。

すると娘は唇を噛みながら、黙って首をふりました。その様子が如何にもまた口惜《くや》しそうなのでございます。そこで私は身をかがめながら、娘の耳へ口をつけるようにして、今度は「誰です」と小声で尋ねました。が、娘はやはり首を振ったばかりで、何とも返事を致しません。いや、それと同時に長い睫毛《まつげ》の先へ、涙を一ぱいためながら、前よりもかたく唇を噛みしめているのでございます。

(9)

「私は屏風の唯中に、檳榔毛《びろうげ》の車が一輛《りょう》、空から落ちて来るところを描こうと思っておりまする。」良秀はこう云って、始めて鋭く大殿様の御顔を眺めました。あの男は画の事と云うと、気違い同様になるとは聞いておりましたが、その時の眼のくばりには確にさような恐ろしさがあったようでございます。

「その車の中には、一人のあでやかな上﨟《じょうろう》が、猛火の中に黒髪を乱しながら、悶《もだ》え苦しんでいるのでございまする。顔は煙に咽《むせ》びながら、眉をひそめて、空ざまに車蓋《やかた》を仰いでおりましょう。手は下簾《したすだれ》を引きちぎって、降りかかる火の粉の雨を防ごうとしているかも知れませぬ。そうしてそのまわりには、怪しげな鷙鳥《しちょう》が十羽となく、二十羽となく、嘴《くちばし》を鳴らして紛々《ふんぷん》と飛び繞《めぐ》っているのでございまする。――ああ、それが、牛車の中の上﨟が、どうしても私には描けませぬ。」

「そうして――どうじゃ。」

大殿様はどう云う訳か、妙に悦《よろこ》ばしそうな御気色《みけしき》で、こう良秀を御促《おうなが》しになりました。が、良秀は例の赤い唇を熱でも出た時のように震わせながら、夢を見ているのかと思う調子で、

「それが私には描けませぬ。」と、もう一度繰返しましたが、突然噛みつくような勢いになって、

「どうか檳榔毛の車を一輛、私の見ている前で、火をかけて頂きとうございまする。そうしてもし出来まするならば――」

大殿様は御顔を暗くなすったと思うと、突然けたたましく御笑いになりました。そうしてその御笑い声に息をつまらせながら、仰有いますには、

「おお、万事その方が申す通りに致して遣わそう。出来る出来ぬの詮議《せんぎ》は無益《むやく》の沙汰じゃ。」

私はその御言《おことば》を伺いますと、虫の知らせか、何となく凄《すさま》じい気が致しました。実際また大殿様の御様子も、御口の端《はし》には白く泡がたまっておりますし、御眉《おんまゆ》のあたりにはびくびくと電《いなずま》が走っておりますし、まるで良秀のもの狂いに御染《おそ》みなすったのかと思う程、ただならなかったのでございます。それがちょいと言《ことば》を御切りになると、すぐまた何かが爆《は》ぜたような勢いで、とめどなく喉《のど》を鳴らして御笑いになりながら、

「檳榔毛の車にも火をかけよう。またその中にはあでやかな女を一人、上臈の装《よそおい》をさせて乗せて遣わそう。炎と黒煙《くろけむり》とに攻められて、車の中の女が、悶《もだ》え死《じに》をする――それを描こうと思いついたのは、さすがに天下第一の絵師じゃ。褒《ほ》めてとらす。おお、褒めてとらすぞ。」

(10)

仰《おおせ》を聞くと仕丁《じちょう》の一人は、片手に松明《まつ》の火を高くかざしながら、つかつかと車に近づくと、矢庭に片手をさし伸ばして、簾をさらりと揚げて見せました。けたたましく音を立てて燃える松明の光は、一しきり赤くゆらぎながら、たちまち狭い轜《はこ》の中を鮮《あざや》かに照し出しましたが、軸《とこ》の上に惨《むごた》らしく、鎖にかけられた女房は――ああ、誰か見違えを致しましょう。きらびやかな繡のある桜の唐衣《からぎぬ》にすべらかしの黒髪が艶やかに垂れて、うちかたむいた黄金《こがね》の釵子《さいし》

も美しく輝いて見えましたが、身なりこそ違え、小造りな体つきは、色の白い頸《うなじ》のあたりは、そうしてあの寂しい位つつましやかな横顔は、良秀の娘に相違ございません。私は危く叫び声を立てようと致しました。

その時でございます。私と向いあっていた侍は慌《あわただ》しく身を起して、柄頭《つかがしら》を片手に抑《おさ》えながら、きっと良秀の方を睨みました。それに驚いて眺めますと、あの男はこの景色に、半ば正気を失ったのでございましょう。今まで下にうずくまっていたのが、急に飛び立ったと思いますと、両手を前へ伸したまま、車の方へ思わず知らず走りかかろうと致しました。ただ生憎《あいにく》前にも申しました通り、遠い影の中におりますので、顔貌《かおかたち》ははっきりと分りません。しかしそう思ったのはほんの一瞬間で、色を失った良秀の顔は、いや、まるで何か目に見えない力が宙へ吊《つ》り上げたような良秀の姿は、たちまちうす暗がりを切り抜いてありありと眼前へ浮び上りました。娘を乗せた檳榔毛の車が、この時、「火をかけい」と云う大殿様の御言《おことば》と共に、仕丁たちが投げる松明の火を浴びて炎々と燃え上ったのでございます。

（11）

良秀のその時の顔つきは、今でも私は忘れません。思わず知らず車の方へ駆け寄ろうとしたあの男は、火が燃え上ると同時に、足を止めて、やはり手をさし伸したまま、食い入るばかりの眼つきをして、車をつつむ焔煙《えんえん》を吸いつけられたように眺めておりましたが、満身に浴びた火の光で、皺《しわ》だらけな醜い顔は、髭《ひげ》の先までもよく見えます。が、その大きく見開いた眼の中と云い、引き歪《ゆが》めた唇のあたりと云い、或はまた絶えず引きつっている頬の肉の震えと云い、良秀の心にこもごも往来する恐れと悲しみと驚きとは、歴々と顔に描かれました。首を刎《は》ねられる前の盗人でも、ないしは十王の庁へ引き出された、十逆五悪《じゅうぎゃくごあく》の罪人でもああまで苦しそうな顔を致しますまい。これにはさすがにあの強力《ごうりき》の侍でさえ、思わず色を変えて、畏《おそ》る畏る大殿様の御顔を仰ぎました。が、大殿様は緊《かた》く唇を御噛みになりながら、時々気味悪く御笑いになって、眼を放さずじっと車の方を御見つめになっていらっしゃいます。

（12）

その火の柱を前にして、凝り固まったように立っている良秀は、――何と云う不思議な事でございましょう。あのさっきまで地獄の責苦に悩んでいたような良秀は、今は云いようのない輝きを、さながら恍惚《こうこつ》とした法悦の輝きを、皺だらけな満面に浮べながら、大殿様の御前《ごぜん》も忘れたのか、両腕をしっかり胸に組んで、佇《たたず》んでいるではございませんか。それがどうもあの男の眼の中には、娘の悶え死ぬ有様《ありさま》が映っていないようなのでございます。ただ美しい火焔の色と、その中に苦しむ女人《にょにん》の姿とが、限りなく心を悦ばせる――そう云う景色に見えました。

しかも不思議なのは、何もあの男が一人娘の断末魔を嬉しそうに眺めていた、そればかりではございません。その時の良秀には、何故か人間とは思われない、夢に見る獅子王《ししおう》の怒りに似た怪しげな厳《おごそ》かさがございました。でございますから不意の火の手に驚いて、啼《な》き騒ぎながら飛びまわる数の知れない夜鳥《よどり》でさえ、気のせいか良秀の揉烏帽子《えぼうし》のまわりへは、近づかなかったようでございます。恐らくは無心の鳥の眼にも、あの男の頭《かしら》の上に、円光の如く懸かっている、不可思議な威厳が見えたのでございましょう。

鳥でさえそうでございます。まして私たちは仕丁までも、みな息をひそめながら、身の内も震えるばかり、異様な随喜の心に充ち満ちて、まるで開眼《かいげん》の仏《ぶつ》でも見るように、眼も離さず、良秀を見つめました。空一面に鳴り渡る車の火と、それに魂を奪われて、立ちすくんでいる良秀と――何と云う荘厳《はうごん》、何と云う歓喜でございましょう。が、その中でたった、御縁の上の大殿様だけは、まるで別人かと思われる程、御顔の色も青ざめて、口元に泡を御ためになりながら、紫の指貫《さしぬき》の膝を両手にしっかり御つかみになつて、ちょうど喉の渇いた獣のように喘《あえ》ぎつづけていらっしゃいました。……

(13)

屏風の出来上った次の夜に、自分の部屋の梁《はり》へ縄をかけて、縊《くび》れ死んだのでございます。一人娘を先立てたあの男は、恐らく安閑《あんかん》として生きながらえるのに堪えなかったのでございましょう。屍骸は今でもあの男の家の跡に埋《うず》まっております。もっとも小さなしるしの石は、その後《のち》何十年かの雨風《あめかぜ》に曝《さら》されて、とうの昔誰の墓とも知れないように、苔蒸《こけむ》しているにちがいございません。

Ⅳ

中島敦『山月記』

（『文學界』昭和一七年二月）

【作家・作品紹介】

中島敦（明治四二　一九〇九年五月五日〜昭和一七　一九四二年一二月四日）は、東京市四谷区箪笥町（新宿区三栄町）で生まれた。代々儒家の家柄で、漢学の素養を幼少からつちかった。昭和五年四月東京帝国大学国文科に入学。昭和七年一一月に卒業した。中島は父の縁故で私立横浜高等女学校の国語と英語の教師として赴任する一方、東京帝大の大学院に籍を置き森鷗外を研究テーマとした。しかし翌年三月には、健康上の理由から大学院を中退することになる。四月には創作『虎狩』を中央公論社の公募に応じ選外佳作。昭和一一年の一一月と一二月には『狼疾記』『かめれおん日記』という精神的私小説ともいうべき二編をあいついで脱稿した。昭和一四年一月には『悟浄歎異』を脱稿。昭和一五年には、出世作『山月記』を含む作品群、『古譚』を書上げたものと推定される。

昭和一六年三月に横浜高女を休職するが、事実上の退職となった。七月には友人の斡旋で、当時委任統治領だった南洋諸島を治める役所である南洋庁の国語教科書編集書記としてパラオに着任した。しかしすぐ風土病にかかり、一七年三月出張で帰京し、そのまま辞表を提出することになる。

昭和一七年七月には第一作品集『光と風と夢』（筑摩書房）を刊行、八月には南洋ものを書き、一〇月下旬までの間に、喘息発作におそわれながら『李陵』を現在の形までに書き上げた。一一月第二作品集『南島譚』（今日の問題社）を刊行したが、時を同じくして激しい発作が起こって入院し、一二月四日死去した。

『山月記』は、中国唐代の『人虎伝』を題材にして書かれた短編小説である。深田久弥の推挙により『文學界』に掲載され、敦の作家としてのデビュー作となった『山月記』は、近代人の絶望的な自意識を分析し、人間の存在の不条理を追及して芸術家としての苦悩を表現した作品である。隴西の李徴は秀才で、役人になるが、詩家となって名を遺すことが野望だった。仕事と詩を書くこと、どちらも行き詰まっていた李徴は家を出て一匹の虎になる。そして、古い友人と再会し、虎になった経緯を自ら話し、自分が生涯をかけて書いた詩の一部を後々まで残すために書き記してほしいと頼む。また、自分の妻子が飢え、凍えないように計らってもらいたいとつげた後、草むらに姿を消すのである。

『山月記』本文

隴西《ろうせい》の李徴《りちょう》は博学才穎《さいえい》、天宝の末年、若くして名を虎榜《こぼう》に連ね、ついで江南尉《こうなんい》に補せられたが、性、狷介《けんかい》、自ら恃《たの》むところ頗《すこぶ》る厚く、賤吏《せんり》に甘んずるを潔しとしなかった。いくばくもなく官を退いた後は、故山虢略《らくりゃく》に帰臥し、人と交を絶って、ひたすら詩作に耽った。下吏となって長く膝を俗悪な大官の前に屈するよりは、詩家としての名を死後百年に遺そうとしたのである。しかし、文名は容易に揚らず、生活は日を逐《お》うて苦しくなる。李徴は漸《ようや》く焦躁に駆られて来た。この頃からその容貌も峭刻《しょうこく》となり、肉落ち骨秀《ひい》で、眼光のみいたずらに炯々《けいけい》として、曾て進士に登第した頃の豊頰《ほうきょう》の美少年の俤《おもかげ》は、どこに求めようもない。数年の後、貧窮に堪えず、妻子の衣食のために遂に節を屈して、再び東へ赴《おもむ》き、一地方官吏の職を奉ずることになった。一方、これは、己の詩業に半ば絶望したためでもある。曾ての同輩は既に遥か高位に進み、彼が昔、鈍物として歯牙《しが》にもかけなかったその連中の下命を拝さねばならぬことが、往年の儁才《しゅんさい》李徴の自尊心をいかに傷《きずつ》けたかは、想像に難くない。彼は怏々《おうおう》として楽しまず、狂悖《きょうはい》の性は愈々《いよいよ》抑え難くなった。一年の後、公用で旅に出、汝水《じょすい》のほとりに宿った時、遂に発狂した。或夜半、急に顔色を変えて寝床から起上ると、何か訳の分らぬことを叫びつつそのまま下にとび下りて、闇の中へ駈出した。彼は二度と戻って来なかった。附近の山野を捜索しても、何の手掛りもない。その後李徴がどうなったかを知る者は、誰もなかった。

翌年、監察御史、陳郡《ちんぐん》の袁傪《えんさん》という者、勅命を奉じて嶺南《れいなん》に使し、途《みち》に商於《しょうお》の地に宿った。次の朝未《ま》だ暗い中に出発しようとしたところ、駅吏が言うことに、これから先の道に人喰虎が出る故《ゆえ》、旅人は白昼でなければ、通れない。

今はまだ朝が早いから、今少し待たれたが宜《よろ》しいでしょうと。袁傪は、しかし、供廻りの多勢なのを恃み、駅吏の言葉を斥けて、出発した。残月の光をたよりに林中の草地を通って行った時、果《はた》して一匹の猛虎が叢《くさむら》の中から躍り出た。虎は、あわや袁傪に躍りかかるかと見えたが、忽《たちま》ち身を飜《ひるがえ》して、元の叢に隠れた。叢の中から人間の声で「あぶないところだった」と繰返し呟くのが聞えた。その声に袁傪は聞き憶えがあった。驚懼《きょうく》の中にも、彼は咄嗟《とっさ》に思いあたって、叫んだ。「その声は、我が友、李徴子ではないか？」袁傪は李徴と同年に進士の第に登り、友人の少かった李徴にとっては、最も親しい友であった。温和な袁傪の性格が、峻峭《しゅんしょう》な李徴の性情と衝突しなかったためであろう。

叢の中からは、暫く返辞が無かった。しのび泣きかと思われる微かな声が時々洩れるばかりである。ややあって、低い声が答えた。「如何にも自分は隴西の李徴である」と。

袁傪は恐怖を忘れ、馬から下りて叢に近づき、懐かしげに久闊《きゅうかつ》を叙《じょ》した。そして、何故叢から出て来ないのかと問うた。李徴の声が答えて言う。自分は今や異類の身となっている。どうして、おめおめと故人《とも》の前にあさましい姿をさらせようか。かつ又、自分が姿を現せば、必ず君に畏怖嫌厭の情を起させるに決っているからだ。しかし、今、図らずも故人に遇うことを得て、愧赧《きたん》の念をも忘れる程に懐かしい。どうか、ほんの暫《しばら》くでいいから、我が醜悪な今の外形を厭わず、曾て君の友李徴であったこの自分と話を交してくれないだろうか。

後で考えれば不思議だったが、その時、袁傪は、この超自然の怪異を、実に素直に受容れて、少しも怪もうとしなかった。彼は部下に命じて行列の進行を停め、自分は叢の傍に立って、見えざる声と対談した。都の噂、旧友の消息、袁傪が現在の地位、それに対する李徴の祝辞。青年時代に親しかった者同志の、あの隔てのない語調で、それ等が語られた後、袁傪は、李徴がどうして今の身となるに至ったかを訊ねた。草中の声は次のように語った。

今から一年程前、自分が旅に出て汝水のほとりに泊った夜のこと、一睡してから、ふと眼を覚ますと、戸外で誰かが我が名を呼んでいる。声に応じて外へ出て見ると、声は闇の中から頻りに自分を招く。覚えず、自分は声を追うて走り出した。無我夢中で駈けて行く中に、何時しか途は山林に入り、しかも、知らぬ間に自分は左右の手で地を攫《つか》んで走っていた。何か身体中に力が充ち満ちたような感じで、軽々と岩石を跳び越えて行った。気が付くと、手先や肱《ひじ》のあたりに毛を生じているらしい。少し明るくなってから、谷川に臨んで姿を映して見ると、既《すで》に虎となっていた。自分は初め眼を信じなかった。次に、これは夢に違いないと考えた。夢の中で、これは夢だぞと知っているような夢を、自分はそれまでに見たことがあったから。どうしても夢でないと悟らねばならなかった時、自分は茫然とした。そうして懼《おそ》れた。全く、どんな事でも起り得るのだと思うて、深く懼れた。しかし、何故こんな事になったのだろう。分らぬ。全く何事も我々には判らぬ。理由も分らずに押付けられたものを大人しく受取って、理由も分らずに生きて行くのが、我々生きもののさだめだ。自分はすぐに死を想うた。しかし、その時、眼の前を一匹の兎が駈け過ぎるのを見た途端に、自分の中の人間はたちまち姿を消した。再び自分の中の人間が目を覚ました時、自分の口は兎の血に塗れ、あたりには兎の毛が散らばっていた。これが虎としての最初の経験であった。それ以来今までにどんな所行をし続けて来たか、それは到底語るに忍びない。ただ、一日の中に必ず数時間は、人間の心が還って来る。そういう時には、曾ての日と同じく、人語も操れれば、複雑な思考にも堪え得るし、経書の章句を誦《そら》んずることもできる。その人間の心で、虎としての己の残虐な行のあとを見、己の運命をふりかえる時が、最も情なく、恐しく、憤《いきどお》ろしい。しかし、その、人間にかえる数時間も、日を経るに従って次第に短くなって行く。今までは、どうして虎などになったかと怪しんでいたのに、この間ひょいと気が付いて見たら、己はどうして以前、人間だったのかと考えていた。これは恐しいことだ。今少し経てば、己の中の人間の心は、獣としての習慣の中にすっかり埋れて消えて了《しま》うだろう。

ちょうど、古い宮殿の礎が次第に土砂に埋没するように。そうすれば、しまいに己は自分の過去を忘れ果て、一匹の虎として狂い廻り、今日のように途で君と出会っても故人と認めることなく、君を裂き喰うて何の悔《くい》も感じないだろう。一体、獣でも人間でも、もとは何か他のものだったんだろう。初めはそれを憶えているが、次第に忘れて了い、初めから今の形のものだったと思い込んでいるのではないか？　いや、そんな事はどうでもいい。己の中の人間の心がすっかり消えて了えば、恐らく、その方が、己はしあわせになれるだろう。だのに、己の中の人間は、その事を、この上なく恐しく感じているのだ。ああ、全く、どんなに、恐しく、哀しく、切なく思っているだろう！　己が人間だった記憶のなくなることを。この気持は誰にも分らない。誰にも分らない。己と同じ身の上に成った者でなければ。ところで、そうだ。己がすっかり人間でなくなって了う前に、一つ頼んで置きたいことがある。

袁傪はじめ一行は、息をのんで、叢中の声の語る不思議に聞入っていた。声は続けて言う。

他でもない。自分は元来詩人として名を成す積りでいた。しかも、業未だ成らざるに、この運命に立至った。曾て作るところの詩数百篇、固より、まだ世に行われておらぬ。遺稿の所在も最早判らなくなっていよう。ところで、その中、今も尚記誦《なおきしょう》せるものが数十ある。これを我が為に伝録して戴きたいのだ。何も、これに仍《よ》って一人前の詩人面をしたいのではない。作の巧拙は知らず、とにかく、産を破り心を狂わせてまで自分が生涯それに執着したところのものを、一部なりとも後代に伝えないでは、死んでも死に切れないのだ。

袁傪は部下に命じ、筆を執って叢中の声に随って書きとらせた。李徴の声は叢の中から朗々と響いた。長短凡そ三十篇、格調高雅、意趣卓逸、一読して作者の才の非凡を思わせるものばかりである。しかし、袁傪は感嘆しながらも漠然と次のように感じていた。成程、作者の素質が第一流に属するものであることは疑いない。しかし、このままでは、第一流の作品となるのには、何処か（非常に微妙な点に於て）欠けるところがあるのではないか、と。

旧詩を吐き終った李徴の声は、突然調子を変え、自らを嘲るか如《ごと》くに言った。

羞《はずか》しいことだが、今でも、こんなあさましい身と成り果てた今でも、己は、己の詩集が長安風流人士の机の上に置かれている様を、夢に見ることがあるのだ。岩窟の中に横たわって見る夢にだよ。嗤《わら》ってくれ。詩人に成りそこなって虎になった哀れな男を。（袁傪は昔の青年李徴の自嘲癖を思出しながら、哀しく聞いていた。）そうだ。お笑い草ついでに、今の懐を即席の詩に述べて見ようか。この虎の中に、まだ、曾ての李徴が生きているしるしに。

袁傪は又下吏に命じてこれを書きとらせた。その詩に言う。

偶因狂疾成殊類　災患相仍不可逃
今日爪牙誰敢敵　当時声跡共相高
我為異物蓬茅下　君已乗軺気勢豪
此夕渓山対明月　不成長嘯但成嘷

時に、残月、光冷やかに、白露は地に滋《しげ》く、樹間を渡る冷風は既に暁の近きを告げていた。人々は最早、事の奇異を忘れ、粛然として、この詩人の薄倖を嘆じた。李徴の声は再び続ける。

何故こんな運命になったか判らぬと、先刻は言ったが、しかし、考えように依《よ》れば、思い当ることが全然ないでもない。人間であった時、己は努めて人との交を避けた。人々は己を倨傲《きょごう》だ、尊大だといった。実は、それが殆《ほとん》ど羞恥心に近いものであることを、人々は知らなかった。もちろん、曾ての郷党の鬼才といわれた自分に、自尊心が無かったとは云わない。しかし、それは臆病な自尊心とでもいうべきものであった。己は詩によって名を成そうと思いながら、進んで師に就いたり、求めて詩友と交って切磋琢磨に努めたりすることをしなかった。かといって、又、己は俗物の間に伍《ご》することも潔しとしなかった。共に、我が臆病な自尊心と、尊大な羞恥心との所為である。己の珠に非ざることを惧《おそ》れるが故に、敢て刻苦して磨こうともせず、又、己の珠なるべきを半ば信ずるが故に、碌々《ろくろく》として瓦に伍することも出来なかった。己は次第に世と離れ、人と遠ざかり、憤悶と慙恚《ざんい》とによって益々己の内なる臆病な自尊心を飼いふとらせる結果になった。人間は誰でも猛獣使であり、その猛獣に当るのが、各人の性情だという。己の場合、この尊大な羞恥心が猛獣だった。虎だったのだ。これが己を損い、妻子を苦しめ、友人を傷つけ、果ては、己の外形をかくの如く、内心にふさわしいものに変えて了ったのだ。今思えば、全く、己は、己の有《も》っていた僅かばかりの才能を空費して了った訳だ。人生は何事をも為さぬには余りに長いが、何事かを為すには余りに短いなどと口先ばかりの警句を弄しながら、事実は、才能の不足を暴露するかも知れないとの卑怯な危惧と、刻苦を厭う怠惰とが己の凡てだったのだ。己よりも遥かに乏しい才能でありながら、それを専一に磨いたがために、堂々たる詩家となった者が幾らでもいるのだ。虎と成り果てた今、己は漸《ようや》くそれに気が付いた。それを思うと、己は今も胸を灼《や》かれるような悔を感じる。己には最早人間としての生活は出来ない。たとえ、今、己が頭の中で、どんな優れた詩を作ったにしたところで、どういう手段で発表できよう。まして、己の頭は日毎に虎に近づいて行く。どうすればいいのだ。己の空費された過去は？　己は堪《たま》らなくなる。そういう時、己は、向うの山の頂の巌に上り、空谷に向って吼える。この胸を灼く悲しみを誰かに訴えたいのだ。己は昨夕も、彼処で月に向って咆えた。誰かにこの苦しみが分って貰えないかと。しかし、獣どもは己の声を聞いて、唯、懼れ、ひれ伏すばかり。山も樹も月も露も、一匹の虎が怒り狂って、哮《たけ》っているとしか考えない。天に躍り地に伏して嘆いても、誰一人己の気持を分ってくれる者はない。ちょうど、人間だった頃、己の傷つき易い内心を誰も理解してくれなかったように。己の毛皮の濡れたのは、夜露のためばかりではない。

漸く四辺の暗さが薄らいで来た。木の間を伝って、何処からか、暁角《ぎょうかく》が哀しげに響き始めた。

最早、別れを告げねばならぬ。酔わねばならぬ時が、（虎に還らねばならぬ時が）近づいたから、と、李徴の声が言った。だが、お別れする前にもう一つ頼みがある。それは我が妻子のことだ。彼等は未だ虢略にいる。固より、己の運命に就いては知る筈がない。君が南から帰ったら、己は既に死んだと彼等に告げて貰えないだろうか。決して今日のことだけは明かさないで欲しい。厚かましいお願だが、彼等の孤弱を憐れんで、今後とも道塗《とうと》に飢凍《きとう》することのないように計らって戴けるならば、自分にとって、恩倖《おんこう》、これに過ぎたるは莫《な》い。

言終って、叢中から慟哭《どうこく》の声が聞えた。袁もまた涙を泛《うか》べ、欣んで李徴の意に副いたい旨を答えた。李徴の声はしかし忽ち又先刻の自嘲的な調子に戻って、言った。

本当は、先ず、この事の方を先にお願いすべきだったのだ、己が人間だったなら。飢え凍えようとする妻子のことよりも、己の乏しい詩業の方を気にかけているような男だから、こんな獣に身を堕すのだ。

そうして、附加えて言うことに、袁傪が嶺南からの帰途には決してこの途を通らないで欲しい、その時には自分が酔っていて故人を認めずに襲いかかるかも知れないから。又、今別れてから、前方百歩の所にある、あの丘に上ったら、此方《こちら》を振りかえって見て貰いたい。自分は今の姿をもう一度お目に掛けよう。勇に誇ろうとしてではない。我が醜悪な姿を示して、以て、再び此処を過ぎて自分に会おうとの気持を君に起させない為であると。

袁傪は叢に向って、懇《ねんご》ろに別れの言葉を述べ、馬に上った。叢の中からは、又、堪え得ざるが如き悲泣の声が洩れた。袁傪も幾度か叢を振返りながら、涙の中に出発した。

一行が丘の上についた時、彼等は、言われた通りに振返って、先程の林間の草地を眺めた。忽ち、一匹の虎が草の茂みから道の上に躍り出たのを彼等は見た。虎は、既に白く光を失った月を仰いで、二声三声咆哮したかと思うと、又、元の叢に躍り入って、再びその姿を見なかった。

V

坂口安吾『桜の森の満開の下』

（『肉体』昭和二二年六月）

【作家・作品紹介】

坂口安吾（明治三九　一九〇六年一〇月二〇日～昭和三〇　一九五五年二月一七日）は、新潟市西大畑町の生まれ。父仁一郎、母アサの五男で、炳《へい》五と名づけられる。一三人兄妹中の一二番目の子供である。大正一一年、教室の机に「余は偉大なる落伍者となつていつの日か歴史の中によみがへるであらう」と彫り、県立新潟中学を退学した安吾は、東京の豊山中学に編入学する。求道の厳しさにたいする憧れが強まり、仏教を勉強しようと昭和一五年東洋大学印度哲学倫理学科に入学した。悟りをひらこうと多くの哲学宗教書を読破、睡眠四時間という厳しい修行生活を一年半続け、神経衰弱に陥ったが、それを梵語、チベット語、パーリ語、フランス語などを猛然と勉学することにより克服した。昭和五年、文学上の交流があった仲間とともに『言葉』を創刊し、翌六年一月の第二号に処女作『木枯の酒倉から』を発表した。国粋主義の時代、奈良や京都の寺や仏像は焼けてもよい、必要ならば法隆寺をこわして停車場にしても、日本人の生活が健康なら日本文化は続くなどと述べ、刑務所やドライアイス工場に必要の美を認めた。家に帰ることを否定し、救いのないところにこそ文学のせつない故郷を見いだそうとする、大胆な『日本文化私観』（昭和一八・一二　文体社）を刊行する。太平洋戦争の最中、日本の崩壊という歴史事件を目の当たりに見ようと東京に残った安吾は、敗戦後の昏迷の中で、いちはやく戦後の本質を把握洞察した。そして昭和二一年『新潮』四月号に『堕落論』、六月に小説『白痴』を発表する。坂口安吾は、織田作之助、太宰治、石川淳とともに新戯作派、無頼派と呼ばれ、戦後乱世のオピニオンリーダーとして、今日でも高い評価を得ている。

『桜の森の満開の下』は、今は桜の下で花見だ何だと浮かれるが、昔は桜の下は怖ろしいところで人は避けていたと、ナレーションが説明するところから、物語が始まる。

昔、鈴鹿峠に住んでいた山賊は、京の美しい娘をさらって妻としたが、わがままのかぎりをつくす娘は、やがて京の暮らしが恋しくなり、山賊を挑発して京に上ることになる。山賊は姫に命じられるがまま、大納言の若君や名高い白拍子などの首を次々と斬り、姫はその生首で無邪気に人形遊びに興じるが、やがて山賊は京での生活と姫の暮らしぶりに耐えられなくなり、姫と鈴鹿へ戻る道中、桜の森の満開の下で鬼の姿になっている姫に気づき、恐怖に駆られて殺してしまう、というストーリーである。

『桜の森の満開の下』本文（抄）

（1）

桜の花が咲くと人々は酒をぶらさげたり団子をたべて花の下を歩いて絶景だの春ランマンだのと浮かれて陽気になりますが、これは嘘です。なぜ嘘かと申しますと、桜の花の下へ人がより集って酔っ払ってゲロを吐いて喧嘩《けんか》して、というのは江戸時代からの話で、大昔は桜の花の下は怖しいと思っても、絶景だなどとは誰も思いませんでした。近頃は桜の花の下といえば人間がより集って酒をのんで喧嘩していますから陽気でにぎやかだと思いこんでいますが、桜の花の下から人間を取り去ると怖ろしい景色になりますので、能にも、さる母親が愛児を人さらいにさらわれて子供を探して発狂して桜の花の満開の林の下へ来かかり見渡す花びらの陰に子供の幻を描いて狂い死して、花びらに埋まってしまう（このところ小生の蛇足）という話もあり、桜の林の花の下に人の姿がなければ怖しいばかりです。

昔、鈴鹿峠《すずかとうげ》にも旅人が桜の森の花の下を通らなければならないような道になっていました。花の咲かない頃はよろしいのですが、花の季節になると、旅人はみんな森の花の下で気が変になりました。できるだけ早く花の下から逃げようと思って、青い木や枯れ木のある方へ一目散に走りだしたものです。一人だとまだよいので、なぜかというと、花の下を一目散に逃げて、あたりまえの木の下へくるとホッとしてヤレヤレと思って、すむからですが、二人連は都合が悪い。なぜなら人間の足の早さは各人各様で、一人が遅れますから、オイ待ってくれ、後から必死に叫んでも、みんな気違いで、友達をすてて走ります。それで鈴鹿峠の桜の森の花の下を通過したとたんに今迄《いままで》仲のよかった旅人が仲が悪くなり、相手の友情を信用しなくなります。そんなことから旅人も自然に桜の森の下を通らないで、わざわざ遠まわりの別の山道を歩くようになり、やがて桜の森は街道を外れて人の子一人通らない山の静寂へとり残されてしまいました。

（2）

そうなって何年かあとに、この山に一人の山賊が住みはじめましたが、この山賊はずいぶんむごたらしい男で、街道へでて情容赦なく着物をはぎ人の命も断ちましたが、こんな男でも桜の森の花の下へくるとやっぱり怖しくなって気が変になりました。そこで山賊はそれ以来花がきらいで、花というものは怖しいものだな、なんだか厭《いや》なものだ、そういう風に腹の中では呟いていました。花の下では風がないのにゴウゴウ風が鳴っているような気がしました。そのくせ風がちっともなく、一つも物音がありません。自分の姿と跫音《あしおと》ばかりで、それがひっそり冷めたいそして動かない風の中につつまれていました。花びらがぽそぽそ散るように魂が散っていのちがだんだん衰えて行くように思われます。それで目をつぶって何か叫んで逃げたくなりますが、目をつぶると桜の木にぶつかるので目をつぶるわけにも行きませんから、一そう気違いになるのでした。

（3）

そう考えているうちに、始めは一人だった女房がもう七人にもなり、八人目の女房を又街道から女の亭主の着物と一緒にさらってきました。女の亭主は殺してきました。

（4）

今日からお前は俺の女房だと言うと、女はうなずきました。手をとって女を引き起すと、女は歩けないからオブっておくれと言います。山賊は承知承知と女を軽々と背負って歩きましたが、険しい登り坂へきて、ここは危いから降りて歩いて貰おうと言っても、女はしがみついて厭々、厭ヨ、と言って降りません。

「お前のような山男が苦しがるほどの坂道をどうして私が歩けるものか、考えてごらんよ」

「そうか、そうか、よしよし」と男は疲れて苦しくても好機嫌でした。「でも、一度だけ降りておくれ。私は強いのだから、苦しくて、一休みしたいというわけじゃないぜ。眼の玉が頭の後側にあるというわけのものじゃないから、さっきからお前さんをオブっていてもなんとなくもどかしくて仕方がないのだよ。一度だけ下へ降りてかわいい顔を拝ましてもらいたいものだ」

「厭よ、厭よ」と、また、女はやけに首っ玉にしがみつきました。「私はこんな淋しいところに一っときもジッとしていられないヨ。お前のうちのあるところまで一っときも休まず急いでおくれ。さもないと、私はお前の女房になってやらないよ。私にこんな淋しい思いをさせるなら、私は舌を噛んで死んでしまうから」

「よしよし。分った。お前のたのみはなんでもきいてやろう」

（5）

「あの女を斬り殺しておくれ」

女はいちばん顔形のととのった一人を指して叫びました。

「だって、お前、殺さなくっとも、女中だと思えばいいじゃないか」

「お前は私の亭主を殺したくせに、自分の女房が殺せないのかえ。お前はそれでも私を女房にするつもりなのかえ」

男の結ばれた口から呻《うめ》きがもれました。男はとびあがるように一躍りして指された女を斬り倒していました。しかし、息つくひまもありません。

「この女よ。今度は、それ、この女よ」

男はためらいましたが、すぐズカズカ歩いて行って、女の頸《くび》へザクリとダンビラを斬りこみました。首がまだコロコロとまらぬうちに、女のふっくらツヤのある透きとおる声は次の女を指して美しく響いていました。

「この女よ。今度は」

指された女は両手に顔をかくしてキャーという叫び声をはりあげました。その叫びにふりかぶって、ダンビラは宙を閃《ひらめ》いて走りました。残る女たちはにわかに一時に立上って四方に散りました。

「一人でも逃したら承知しないよ。藪の陰にも一人いるよ。上手へ一人逃げて行くよ」

男は血刀をふりあげて山の林を駈け狂いました。たった一人逃げおくれて腰をぬかした女がいました。それはいちばん醜くて、ビッコの女でしたが、男が逃げた女を一人あまさず斬りすてて戻ってきて、無造作にダンビラをふりあげますと、

「いいのよ。この女だけは。これは私が女中に使うから」

「ついでだから、やってしまうよ」

「バカだね。私が殺さないでおくれと言うのだよ」

「アア、そうか。ほんとだ」

男は血刀を投げすてて尻もちをつきました。疲れがどッとこみあげて目がくらみ、土から生えた尻のように重みが分ってきました。ふと静寂に気がつきました。とびたつような怖ろしさがこみあげ、ぎょッとして振向くと、女はそ

こにいくらかやる瀬ない風情《ふぜい》でたたずんでいます。男は悪夢からさめたような気がしました。そして、目も魂も自然に女の美しさに吸いよせられて動かなくなってしまいました。けれども男は不安でした。どういう不安だか、なぜ、不安だか、何が、不安だか、彼には分らぬのです。女が美しすぎて、彼の魂がそれに吸いよせられていたので、胸の不安の波立ちをさして気にせずにいられただけです。

なんだか、似ているようだな、と彼は思いました。似たことが、いつか、あった、それは、と彼は考えました。アア、そうだ、あれだ。気がつくと彼はびっくりしました。

桜の森の満開の下です。あの下を通る時に似ていました。どこが、何が、どんな風に似ているのだか分りません。けれども、何か、似ていることは、たしかでした。彼にはいつもそれぐらいのことしか分らず、それから先は分らなくても気にならぬたちの男でした。

(6)

「お前が本当に強い男なら、私を都へ連れて行っておくれ。お前の力で、私の欲しい物、都の粋を私の身の廻りへ飾っておくれ。そして私にシンから楽しい思いを授けてくれることができるなら、お前は本当に強い男なのさ」

「わけのないことだ」

男は都へ行くことに心をきめました。

(7)

男と女とビッコの女は都に住みはじめました。

男は夜毎に女の命じる邸宅へ忍び入りました。着物や宝石や装身具も持ちだしましたが、それのみが女の心を充たす物ではありませんでした。女の何より欲しがるものは、その家に住む人の首でした。

彼等の家にはすでに何十の邸宅の首が集められていました。部屋の四方の衝立《ついたて》に仕切られて首は並べられ、ある首はつるされ、男には首の数が多すぎてどれがどれやら分らなくとも、女は一々覚えており、すでに毛がぬけ、肉がくさり、白骨になっても、どこのたれということを覚えていました。男やビッコの女が首の場所を変えると怒り、ここはどこの家族、ここは誰の家族とやかましく言いました。

女は毎日首遊びをしました。首は家来をつれて散歩にでます。首の家族へ別の首の家族が遊びに来ます。首が恋をします。女の首が男の首をふり、また、男の首が女の首をすてて女の首を泣かせることもありました。

姫君の首は大納言の首にだまされました。大納言の首は月のない夜、姫君の首の恋する人の首のふりをして忍んで行って契《ちぎ》りを結びます。契りの後に姫君の首が気がつきます。姫君の首は大納言の首を憎むことができず我が身のさだめの悲しさに泣いて、尼になるのでした。すると大納言の首は尼寺へ行って、尼になった姫君の首を犯します。姫君の首は死のうとしますが大納言のささやきに負けて尼寺を逃げて山科《やましな》の里へかくれて大納言の首のかこい者となって髪の毛を生やします。姫君の首も大納言の首ももはや毛がぬけ肉がくさりウジ虫がわき骨がのぞけていました。二人の首は酒もりをして恋にたわぶれ、歯の骨と歯の骨と嚙み合ってカチカチ鳴り、くさった肉がペチャペチャくっつき合い鼻もつぶれ目の玉もくりぬけていました。

ペチャペチャとくッつき二人の顔の形がくずれるたびに女は大喜びで、けたたましく笑いさざめきました。

「ほれ、ホッペタを食べてやりなさい。ああおいしい。姫君の喉もたべてやりましょう。ハイ、目の玉もかじりましょう。すすってやりましょうね。ハイ、ペロペロ。アラ、おいしいね。もう、たまらないのよ、ねえ、ほら、ウンとかじりついてやれ」

　女はカラカラ笑います。綺麗な澄んだ笑い声です。薄い陶器が鳴るような爽やかな声でした。

　坊主の首もありました。坊主の首は女に憎がられていました。いつも悪い役をふられ、憎まれて、嬲《なぶ》り殺しにされたり、役人に処刑されたりしました。坊主の首は首になって後に却って毛が生え、やがてその毛もぬけてくさりはて、白骨になりました。白骨になると、女は別の坊主の首を持ってくるように命じました。新しい坊主の首はまだうら若い水々しい稚子《ちご》の美しさが残っていました。女はよろこんで机にのせ酒をふくませ頰ずりして甜《な》めたりくすぐったりしましたが、じきあきました。

「もっと太った憎たらしい首よ」

　女は命じました。男は面倒になって五ツほどブラさげて来ました。ヨボヨボの老僧の首も、眉の太い頰っぺたの厚い、蛙がしがみついているような鼻の形の顔もありました。耳のとがった馬のような坊主の首も、ひどく神妙な首の坊主もあります。けれども女の気に入ったのは一つでした。それは五十ぐらいの大坊主の首で、ブ男で目尻がたれ、頰がたるみ、唇が厚くて、その重さで口があいているようなだらしのない首でした。女はたれた目尻の両端を両手の指の先で押えて、クリクリと吊りあげて廻したり、獅子鼻《ししばな》の孔《あな》へ二本の棒をさしこんだり、逆さに立ててころがしたり、だきしめて自分のお乳を厚い唇の間へ押しこんでシャブらせたりして大笑いしました。けれどもじきにあきました。

　美しい娘の首がありました。清らかな静かな高貴な首でした。子供っぽくて、そのくせ死んだ顔ですから妙に大人びた憂いがあり、閉じられたマブタの奥に楽しい思いも悲しい思いもマセた思いも一度にゴッちゃに隠されているようでした。女はその首を自分の娘か妹のように可愛がりました。黒い髪の毛をすいてやり、顔にお化粧してやりました。ああでもない、こうでもないと念を入れて、花の香りのむらだつようなやさしい顔が浮きあがりました。

娘の首のために、一人の若い貴公子の首が必要でした。貴公子の首も念入りにお化粧され、二人の若者の首は燃え狂うような恋の遊びにふけります。すねたり、怒ったり、憎んだり、嘘をついたり、だましたり、悲しい顔をしてみせたり、けれども二人の情熱が一度に燃えあがるときは一人の火がめいめい他の一人を焼きこがしてどっちも焼かれて舞いあがる火焔になって燃えまじりました。けれども間もなく悪侍だの色好みの大人だの悪僧だの汚い首が邪魔にでて、貴公子の首は蹴られて打たれたあげくに殺されて、右から左から前から後から汚い首がゴチャゴチャ娘に挑みかかって、娘の首には汚い首の腐った肉がへばりつき、牙のような歯に食いつかれ、鼻の先が欠けたり、毛がむしられたりします。すると女は娘の首を針でつついて穴をあけ、小刀で切ったり、えぐったり、誰の首よりも汚らしい目も当てられない首にして投げだすのでした。

(8)

「俺は山へ帰ることにしたよ」

「私を残してかえ。そんなむごたらしいことがどうしてお前の心に棲むようになったのだろう」

女の眼は怒りに燃えました。その顔は裏切られた口惜しさで一ぱいでした。

「お前はいつからそんな薄情者になったのよ」

「だからさ。俺は都がきらいなんだ」

「私という者がいてもかえ」

「俺は都に住んでいたくないだけなんだ」

「でも、私がいるじゃないか。お前は私が嫌いになったのかえ。私はお前のいない留守はお前のことばかり考えていたのだよ」

女の目に涙の滴《しずく》が宿りました。女の目に涙の宿ったのは始めてのことでした。女の顔にはもはや怒りは消えていました。つれなさを恨む切なさのみが溢れていました。

「だってお前は都でなきゃ住むことができないのだろう。俺は山でなきゃ住んでいられないのだ」

「私はお前と一緒でなきゃ生きていられないのだよ。私の思いがお前には分らないのかねえ」

「でも俺は山でなきゃ住んでいられないのだぜ」

「だから、お前が山へ帰るなら、私も一緒に山へ帰るよ。私はたとえ一日でもお前と離れて生きていられないのだもの」

女の目は涙にぬれていました。男の胸に顔を押しあてて熱い涙をながしました。涙の熱さは男の胸にしみました。

たしかに、女は男なしでは生きられなくなっていました。新しい首は女のいのちでした。そしてその首を女のためにもたらす者は彼の外《ほか》にはなかったからです。彼は女の一部でした。女はそれを放すわけにいきません。男のノスタルジイがみたされたとき、ふたたび都へつれもどす確信が女にはあるのでした。

(9)

そして桜の森が彼の眼前に現れてきました。まさしく一面の満開でした。風に吹かれた花びらがパラパラと落ちています。土肌の上は一面に花びらがしかれていました。この花びらはどこから落ちてきたのだろう？　なぜなら、花びらの一ひらが落ちたとも思われぬ満開の花のふさが見はるかす頭上にひろがっているからでした。

男は満開の花の下へ歩きこみました。あたりはひっそりと、だんだん冷めたくなるようでした。彼はふと女の手が冷めたくなっているのに気がつきました。にわかに不安になりました。とっさに彼は分りました。女が鬼であることを。突然どッという冷めたい風が花の下の四方の涯から吹きよせていました。

男の背中にしがみついているのは、全身が紫色の顔の大きな老婆でした。その口は耳までさけ、ちぢくれた髪の毛は緑でした。男は走りました。振り落そうとしました。鬼の手に力がこもり彼の喉にくいこみました。彼の目は見えなくなろうとしました。彼は夢中でした。全身の力をこめて鬼の手をゆるめました。その手の隙間から首をぬくと、背中をすべって、どさりと鬼は落ちました。今度は彼が鬼に組みつく番でした。鬼の首をしめました。そして彼がふと気付いたとき、彼は全身の力をこめて女の首をしめつけ、そして女はすでに息絶えていました。

(10)

桜の森の満開の下の秘密は誰にも今も分りません。あるいは「孤独」というものであったかも知れません。なぜなら、男はもはや孤独を怖れる必要がなかったのです。彼自らが孤独自体でありました。

彼は始めて四方を見廻しました。頭上に花がありました。その下にひっそりと無限の虚空がみちていました。ひそひそと花が降ります。それだけのことです。外には何の秘密もないのでした。

ほど経て彼はただ一つのなまあたたかな何物かを感じました。そしてそれが彼自身の胸の悲しみであることに気がつきました。花と虚空の冴えた冷めたさにつつまれて、ほのあたたかいふくらみが、すこしずつ分りかけてくるのでした。

彼は女の顔の上の花びらをとってやろうとしました。彼の手が女の顔にとどこうとした時に、何か変ったことが起ったように思われました。すると、彼の手の下には降りつもった花びらばかりで、女の姿は掻き消えてただ幾つかの花びらになっていました。そして、その花びらを掻き分けようとした彼の手も彼の身体も延した時にはもはや消えていました。あとに花びらと、冷めたい虚空がはりつめているばかりでした。

本書は平成二〇（二〇〇八）年白地社より刊行した『作品で読む20世紀の日本文学』を改訂したものである。再版にあたって、再度校正し、文字表記の統一性を一層図るとともに、難読と思われる漢字については、適宜ルビを振った。

新版 作品で読む20世紀の日本文学

2018年3月29日　初刷発行

編　者　京都橘大学日本語日本文学科
発行者　岡元学実

発行所　株式会社　新典社

〒101－0051　東京都千代田区神田神保町1－44－11
営業部　03－3233－8051　編集部　03－3233－8052
ＦＡＸ　03－3233－8053　振　替　00170－0－26932

印刷所　惠友印刷㈱　製本所　牧製本印刷㈱

ISBN978-4-7879-0643-4 C0093
http://www.shintensha.co.jp/
E-Mail:info@shintensha.co.jp